ROYAL CATCH - GABRIEL

VERSIONE ITALIANA

KYLIE GILMORE

Traduzione di
MIRELLA BANFI

1

———

Gabriel

E stai attenta che la porta non sbatta su quel culo peloso mentre esci.

Mi massaggio la fronte. Non riesco a credere di essere arrivato a questo punto. Io, Gabriel Rourke, principe ereditario di Villroy, futuro sovrano di un regno, che manda fuori a calci dalle porte del palazzo uno zoo peloso. Sì, i *furry*, gente a cui piace travestirsi da animali di peluche. La sposa canguro, lo sposo koala, il ministro vombato e troppi dingo per contarli (lo giuro, si stavano moltiplicando) erano qui per il matrimonio degli sposi-peluche. Ed è tutta colpa di mio fratello Philip. Era deciso a trasformare il palazzo in una meta esotica per cerimonie nuziali nel tentativo di salvare la nostra traballante economia. E cosa succede: *i peluche*!

Peggio ancora, ogni peloso dettaglio è stato catturato dai reporter di due prestigiose riviste di matrimoni, che erano qui per coprire la (non pelosa) cerimonia inaugurale, completamente rovinata a causa della doppia prenotazione con i furry. Rabbrividisco al pensiero di cosa diranno quei reporter. Tutta questa faccenda dei matrimoni è un abominio per la tradizione regale, e ho sempre saputo che era un errore.

Non dormo da ventiquattro ore e sono ancora in smoking

dopo quell'orribile pagliacciata di matrimonio di ieri sera, quindi, quando Philip arriva tranquillo nell'atrio di marmo, in questa mattina infernale, arzillo e pimpante dopo una buona nottata di sonno, sbraito: «Dov'è Bonnie?»

Philip alza le mani. «Rilassati, ci stanno pensando le guardie.» Non riuscirò a rilassarmi finché quella wedding planner disgustosamente incompetente se ne sarà andata. Chiaramente, Philip ci riesce benissimo. È la differenza tra essere l'erede e il ricambio. Ha un anno meno di me, è la mia versione amichevole e accomodante, gli stessi capelli castano scuro, occhi verdeazzurro, gli stessi zigomi alti e definiti, e la stessa struttura fisica.

Sbuffo, esasperato. «Quella donna è svitata. Sei tu che l'hai assunta. Accertati che sia sul prossimo traghetto.» La sera prima l'ho bandita dall'Isola di Villroy e le ho ordinato di andarsene con il primo traghetto del mattino.

Phillip si china verso di me e abbassa la voce. «Pensi che ci sia qualcosa di vero nella storia che racconta Bonnie, che ha sangue reale nelle vene? Che la sua bisnonna abbia avuto un figlio illegittimo dal nostro bisnonno?»

«No!» Non ho voglia di rivangare quella sordida storia intricata con lui. Bonnie chiaramente è fuori di testa. «La voglio lontana da qui.»

Phillip alza la mano per salutare la coppia di sposi non-furry, che è appena arrivata nell'atrio con i bagagli, sul punto di partire per la luna di miele. Parla sottovoce. «Devo andare a scusarmi con la felice coppia per il loro imperfetto matrimonio.» A dir poco.

Digrigno i denti. A quanto pare devo fare tutto quanto io qui intorno. Perché diavolo le guardie ci stanno mettendo tanto?

Mi precipito di sopra, nell'ala est, dove Bonnie ha passato la notte in una stanza per gli ospiti con due guardie davanti alla porta. Di questo passo perderà il traghetto. C'è solo una guardia in attesa.

«Perché ci sta mettendo tanto?» chiedo. Le mie buone maniere se ne sono andate insieme alla mia ex-vita dignitosa.

La guardia, Louis, saluta in fretta chinando il capo. «Vostra Altezza, ci dovrebbero volere ancora solo pochi minuti. Viktor è dovuto andare a prendere alcune cameriere per aiutarla a vestirsi.»

Lo fisso, incredulo. «Sta per prendere il traghetto per lasciare Villroy per sempre e deve vestirsi per l'occasione?»

Louis arrossisce violentemente. «Era nuda. Aveva in programma di tentare di sedurci.»

«Entrambi?»

«Sì, Vostra Altezza.»

Bonnie doveva essere disperata. Mi sentirei quasi dispiaciuto per lei se non fosse per tutta l'orribile pubblicità negativa che ha rovesciato sulla nostra famiglia. È assolutamente l'ultima cosa di cui abbiamo bisogno, specialmente con mio padre, il re, in pessime condizioni di salute.

La porta si apre di colpo. Bonnie è completamente vestita e mogia, ha le spalle basse e Viktor la scorta fuori dalla stanza, tenendola per un braccio. Seguo le guardie al pianterreno. Saliranno sul traghetto con lei per accertarsi che lasci l'isola. Sono troppo nervoso per andare a letto, quindi ho intenzione di seguire la faccenda fino alla sua amara conclusione.

Arriviamo nell'atrio, dove Phillip sta ancora parlando con la povera coppia cui hanno rovinato il matrimonio.

Appena le porte del palazzo si chiudono alle spalle di Bonnie, mi rivolgo a Phillip e annuncio a voce abbastanza alta perché i camerieri, il maggiordomo e il resto delle guardie prendano nota: «Da questo momento, il palazzo è definitivamente chiuso per gli estranei!»

«Gabriel, è stato solo un…» fa per dire Phillip.

Lo interrompo immediatamente. «Basta matrimoni. Basta estranei, punto.»

Le porte del palazzo si aprono cigolando e mi volto in fretta, aspettandomi che Bonnie arrivi di corsa, urlando di avere diritto al trono. Resto a bocca aperta davanti a ciò che mi appare: una giovane donna che non ho mai visto prima, con una massa selvaggia di riccioli castano scuro, occhiali enormi con la montatura bianca, un abito aderente senza maniche, di tessuto stampato a enormi ananas, e scarpe leopardate con i tacchi alti.

Richiudo di scatto la bocca, che era rimasta aperta, quando lei lascia il trolley accanto alla porta e si affretta a venire verso di me, gesticolando e dicendo, con un accento chiaramente americano: «Oh, lo adoro già!»

Prima che possa protestare, lei prende il cellulare e mi fa una fotografia.

«Il palazzo è chiuso!» sbraito. «E nessuno ti ha detto che è maleducato fotografare qualcuno senza il suo permesso?»

Lei trasalisce prima di borbottare. «Sei tu quello maleducato, visto che urli contro un ospite. Dio mio, ho volato dieci ore da Tampa per sentirmi dire che sono maleducata?»

Un'altra pazzoide che ha violato le mura del palazzo. «Non parlarmi di prodotti per l'igiene femminile» dico a denti stretti. «Ora fuori.»

Qualcuno ride piano lì vicino. Non m'interessa. Sono troppo fissato su questa intrusa scortese che è a un passo dall'essere fisicamente espulsa dall'edificio. Da me.

«Igiene femminile?» chiede la donna, piegando di lato la testa. «Oh, ah-ah, non tamponi. *Tam-pa.*»

Lo pronuncia lentamente e sillabando, come se fossi un idiota. È lei quella che ha un accento atroce. «È solo il posto da cui sono venuta. È un bel posto.» Aggrotta le sopracciglia. «Non credo che qualcuno possa definire belli i tamponi.»

Per un attimo resto senza parole.

Lei si mette la mano a coppa sopra la bocca e con un sussurro da palcoscenico dice all'altra donna nel salone, la sposa sul punto di partire per la sua luna di miele: «È un maggiordomo scorbutico.»

M'irrigidisco. Pensa che sia il maggiordomo? Certo, non mi espongo all'occhio del pubblico da parecchi anni, per ragioni serie che non ho intenzione di discutere con *lei*, e ho tagliato la barba, ma non pensavo di essere invecchiato tanto da non essere più riconoscibile. Ho trent'anni, sono virile e vitale. Accidenti, sono nel fiore degli anni!

«Chi sei?» le chiedo con la mia voce più imperiosa.

Lei si getta la massa selvaggia di riccioli scuri sopra una spalla e tende la mano. «Sono Polly Lyon e non è una bugia.»

Fisso la sua mano e le mie labbra si muovono da sole, quasi volessero sorridere. È carina. Maleducata ma carina.

I suoi occhi castani lampeggiano, e lascia cadere la mano. «Puoi anche essere il maggiordomo più sexy che abbia mai visto, ma la scopa che hai nel culo decisamente fa passare la voglia.»

Faccio un mezzo sorriso perché ha detto che sono sexy. Sto andando fuori di testa. La mancanza di sonno mi sta sicuramente intontendo, perché normalmente non avrei lasciato passare un insulto simile. Nelle segrete! Oh, sì, le abbiamo, anche se non sono in uso da secoli.

Sento un movimento alle mie spalle quando gli sposini si congedano. Phillip e due guardie escono con loro. Io resto inchiodato sul posto a fissare la donna che ha avuto l'audacia di rivolgersi a me, il principe ereditario di Villroy, il futuro re, come se fossi un maggiordomo. Ora siamo rimasti da soli nell'atrio, a parte i soliti camerieri, le guardie di sicurezza e il vero maggiordomo.

Lei si mette una mano sul fianco, impertinente da morire. «Allora, hai intenzione di dirmi come ti chiami o devo solo chiamarti Jeeves?» Lo dice facendomi l'occhiolino.

«Maggiordomo Phillip sarà sufficiente.» Mi viene da ridere, ci ho infilato il nome di mio fratello.

Lei sorride radiosa e mi ritrovo a sorriderle anch'io. «Proprio come il principe Phillip, *il royal hottie!*» esclama. «Molto più figo dell'erede al trono. Quel tizio, oh mio Dio, ho sentito che è una schiappa.»

«Una schiappa» ripeto, senza quasi credere alle mie orecchie.

Lei si guarda intorno come per accertarsi che la schiappa non la stia sentendo. «Sì, una vera lagna. Non esce mai dal palazzo. Non ci sono sue fotografie da anni, non lo permette. Voglio dire, dai, scendi dal piedestallo!»

Stringo i denti. Sono il principe ereditario di Villroy per diritto di nascita. Le mie responsabilità sono innanzitutto nei confronti del regno. La mia giusta indignazione lascia il posto alla disperazione che mi ha tenuto sveglio tutta la notte. Il regno sta traballando. L'economia basata sulla pesca vacilla e la generazione più giovane se ne sta andando a frotte. La salute di mio padre sta peggiorando, e mia madre si rifiuta di governare senza di lui. So che verrà presto il mio momento per diventare il re e questo significa che devo trovare un modo per far progredire Villroy. Phillip vuole aprire il palazzo. Io, d'altro canto, voglio preservare la nostra storia e la nostra tradizione per le generazioni future, e questo significa mantenere il palazzo chiuso al pubblico. Non possiamo avere turisti che si aggirano dappertutto, calpestando e distruggendo secoli di storia. Dobbiamo trovare un altro modo. Solo che non so quale impresa potrebbe non coinvolgere gli estranei. Che cosa potrebbe invogliare i giovani a non abbandonare la nave e offrire loro e all'isola un vero futuro?

La mia frustrante mancanza di risposte è l'unico motivo per cui le chiedo: «Esattamente perché sei qui Polly-che-non-mente?»

Lei si mette a ridere. «Sono qui, maggiordomo Phillip, per ordine della regina. Sono la principessa Mary Louise Lyon delle Isole Beaumont. Anche se preferisco il nomignolo Polly.» Picchietta una lunga unghia rossa con brillantini incastonati contro le seducenti labbra rosse. «Mi è stato detto che avrei ricevuto una piccola eredità.»

Impallidisco e mi si stringe lo stomaco perché la mia subdola madre si è sempre scherzosamente riferita alla nostra isola come alla nostra piccola eredità, e questo significa che il suo vero scopo è inquietante e lampante: trovarmi una moglie. L'eredità sarà il regno. Polly è sicuramente solo la prima di una lunga lista di candidate scelte a una a una. I criteri di mia madre per la scelta di una sposa per me probabilmente includeranno fianchi larghi, perfetti per scodellare figli. Deglutisco, coperto di sudore freddo.

Ho sempre saputo che avrei dovuto sposare un'aristocratica, per assicurare la continuazione della stirpe.

Solo non sapevo che quel momento fosse arrivato.

Anna

Perché ho detto che non stavo mentendo? *Sono Polly Lyon e non è una bugia.* Stupida coscienza sporca. Sono Anna Hebert e la verità è che sono qui sotto mentite spoglie. È per una buona causa. Sto aiutando mia cugina Polly, un'autentica principessa, che si è messa nei guai in Florida per un furto di identità. In effetti siamo solo lontane cugine, con solo un bis-bis-bis-bis-bisnonno in comune. Mi ha trovato tramite il sito AncestryWise, ed è stato meraviglioso per entrambe. Per lei, che sperava di trovare un parente americano per la sua fuga-avventura in America, e per me, emozionata di avere una cugina dopo essere cresciuta da orfana, senza una famiglia. Anche se non avevo saputo subito che mi aveva cercato come un'alleata di famiglia. Quello è arrivato dopo. Polly si è trasferita nell'appartamento accanto al mio e abbiamo fatto subito amicizia. Non solo ci assomigliamo (ci hanno scambiato per gemelle), ma siamo entrambe spiriti liberi. Siamo diventate veramente intime.

Dopo qualche mese, Polly mi aveva raccontato la storia più bizzarra, che era effettivamente una principessa che si stava nascondendo da una monarchia veramente vecchio stampo, dove i suoi genitori le stavano facendo pressioni perché sposasse un uomo viscido, importante per il suo regno. Ero rimasta comprensibilmente sbalordita. Alle mie orecchie Polly era sembrata americana. Avevo scoperto che l'accento le veniva dall'aver frequentato un elegante collegio e poi l'università negli USA. E cosa ancora più folle, mi aveva rivelato che eravamo lontane cugine e che, appena arrivata, aveva comprato la palazzina dove vivevo per regalarmela, in modo che avessi un porto sicuro, dopo essere cresciuta da orfana. L'unica sua richiesta era che la lasciassi restare come affittuaria, visto che aveva speso tutti i soldi che aveva portato con sé per comprare il caseggiato, e ottenere altri fondi dal suo paese avrebbe rivelato dove viveva.

Sinceramente avevo pensato che fosse una truffa. Una

principessa in incognito che è una lontana parente e che mi compra un caseggiato? Avevo fatto le mie ricerche su AncestryWise e avevo scoperto che eravamo veramente imparentate. Mi ero perfino eccitata un po', pensando che forse avrei potuto chiamarmi principessa, con la mia goccia di sangue reale, ma Polly mi aveva spiegato che ero una parente troppo alla lontana per essere considerata parte della famiglia reale. Comunque avevo accettato il regalo, e trasferito a mio nome la proprietà dietro sua insistenza e le avevo detto che avevo un enorme debito nei suoi confronti. Avevo in programma di vendere l'edificio e usare i proventi per pagare le cure domiciliari per il mio padre affidatario e aprire un salone di bellezza tutto mio. Non è un edificio grande o lussuoso, ma è comunque sufficiente per i miei bisogni. Sfortunatamente...

C'è sempre un intoppo, vero?

Si era bloccato tutto bruscamente quando erano arrivati i poliziotti e avevano arrestato Polly. Lei aveva pagato qualcuno per ottenere una falsa identità per poter dare inizio alla sua vita in incognito. Aveva solo voluto un anno di libertà dopo il college prima di sistemarsi, sposarsi come ci si aspettava da lei e produrre eredi per il regno. Era risultato che l'identità era di una persona defunta e che era stata scoperta grazie proprio al sito web che ci aveva riunito. La zia della persona deceduta stava costruendo il suo albero genealogico, e aveva scoperto che la nipote morta risultava avere una proprietà in Florida, quella che Polly aveva appena comprato per me. Un gesto generoso di buona volontà che si erano rivelato disastroso. Come potrei non essere leale nei suoi confronti? Voglio bene a questa cugina.

Ora Polly sta aspettando il processo. Sta rischiando un anno di prigione in Florida (non ci sono accordi diplomatici con il suo paese che le consentano di essere rimandata a casa per scontare la pena). Una condanna rivelerebbe la sua identità, smascherandola. Teme che la sua famiglia la ripudierebbe. Le altre carcerate e le guardie le farebbero vedere i sorci verdi solo per il fatto di essere una principessa. Ha bisogno di un avvocato coi fiocchi per rimettere le cose in carreggiata.

Nessuna di noi ha i soldi per assumere un avvocato. Lei ha speso tutto per comprare la palazzina e io non posso vendere l'edificio e nemmeno ottenere una linea di credito perché il trasferimento di proprietà potrebbe non essere valido. Non c'era il suo nome legale sull'atto. Il pasticcio dell'edificio è in sospeso fino a dopo il processo. Se riotterrò il caseggiato con l'aiuto di un avvocato di prim'ordine, sarà un enorme sollievo sapere che potrò pagare le spese per le cure del mio padre affidatario. È stata una lotta con il mio stipendio da parrucchiera.

Quindi eccomi qui, a reclamare la sua eredità per pagare uno squalo di avvocato per salvare la principessa, che non può lasciare la Florida mentre aspetta il processo, altrimenti avrebbe semplicemente potuto venire lei a reclamare l'eredità. Sono praticamente il suo cavaliere (o meglio la sua amazzone) dalla scintillante armatura.

Solo che non è tutto così glam. Polly ha cercato di non darlo a vedere, ma è chiaramente spaventata. Se dovessi fallire, lei avrebbe solo un difensore d'ufficio per il processo. Probabilmente sarà condannata e dovrà passare un intero anno in prigione, una vita per cui non è assolutamente preparata, dopo aver sempre vissuto nella bambagia. Non è una dura come me. Io ho imparato fin dalla più tenera età a lottare per tenere ciò che era mio e a difendermi dalle ragazze spaventose con cui vivevo nelle case affidatarie. Temo che ne uscirà spezzata.

E fallire nella mia missione non sarà un picnic nemmeno per me. Se mi beccheranno a impersonare una principessa, avrò la mia bella tuta arancio e sarò rinchiusa in una cella di cemento prima di poter dire "truffatrice". C'è troppa gente che dipende da me a casa per permetterlo.

Mi guardo intorno nell'atrio di marmo, alto due piani, del palazzo Amalie, con i suoi specchi dorati e la tappezzeria di damasco di seta del colore del mare con un disegno in foglia d'oro, e cerco di non fissare come un'ebete. Sono sicura che diventerà ancora più lussuoso man mano che si avanza. Nonostante il rischio, sono veramente eccitata per questa esperienza di vita di corte. È così lontana dalla mia realtà che immagino sarà una pura beatitudine, il meglio, il più lussuoso di tutto deposto ai miei piedi. Una vita da favola. Magica.

Il maggiordomo Phillip sta parlando con la voce burbera e ringhiante ad alcuni dei servitori, gesticolando come se stesse impartendo degli ordini. È l'unico in smoking ed è così che ho capito che era il maggiordomo. Ehi, ho visto abbastanza serie della BBC da riconoscere un maggiordomo. Inoltre il suo inglese è molto corretto, forse con una traccia di francese, ed è logico perché l'isola di Villroy è a due ore di traghetto a sudovest della Francia. Gli altri servitori indossano camicie bianche e pantaloni neri. Immagino che Phillip sia il capo.

Gli do una bella occhiata e concludo che è perfetto. Un bel più di un metro e ottanta, spalle larghe, un torace da sogno, vita e fianchi stretti coperti da uno smoking fatto su misura per la sua figura. Occhi di un fantastico colore azzurro acquamarina, zigomi alti e definiti con un incavo sotto come quelli che si vedono nei modelli maschi della pubblicità dei profumi, una traccia di barba sulle mascelle squadrate e labbra piene. Aggiungeteci la postura rigida e formale e l'espressione austera e non mi meraviglia di essermi agitata. C'è qualcosa che non quadra tra la faccenda del maggiordomo e quel tipo sexy. Non che sia il mio tipo. Preferisco gli uomini del mondo reale, divertenti. Come me.

Si avvicina un servitore, un uomo magrolino sui cinquanta, con un nitido riporto. «Altezza, mi hanno incaricato di accompagnarla nella sua stanza.»

Mi sfugge un risolino a quell'*Altezza*, e poi ricordo che dovrei essere una principessa. «Per favore, sono Polly. E tu?»

«William, signora.»

«Lieta di conoscerti, William. Dammi solo un minuto.» Afferro il trolley da dove l'ho lasciato accanto alle porte del palazzo, mi volto e quasi sbatto contro William. Quando allunga la mano verso la maniglia della valigia, la tiro verso di me. «Posso pensarci da sola.»

Lui tende una mano. «Se posso, signora. Sono qui per servire.»

Il maggiordomo mi fissa dall'altra parte dell'atrio, osservando ogni mia mossa. *Mi sta giudicando? Sospetta che sia una simulatrice?* Probabilmente avrei dovuto farmi dare qualche lezione in più prima di arrivare, ma la vera Polly era così nervosa che era riuscita solo a pregarmi pressantemente di andare a raccogliere l'eredità il più in fretta possibile e poi tornare di corsa in Florida. «Indossa i tuoi abiti migliori e sorridi pudica» era stato tutto ciò che era riuscita a consigliarmi. Oh, e anche di chiamare sempre Maestà il re e la regina; Altezza tutti gli altri.

Saluto il maggiordomo austero agitando le dita e gli rivolgo quello che spero sia un sorriso pudico, voltando leggermente la testa, anche se non riesco a interrompere il contatto visivo perché i suoi occhi mi stanno attirando come un raggio traente pieno di critiche.

Lui si volta.

Okay… immagino che sia difficile riuscire a fingere modestia.

Mi rivolgo a William, che sta ancora aspettando pazientemente il permesso di prendere la mia valigia. «Grazie.»

Lui china la testa e prende la valigia.

Lo seguo attraverso l'atrio e svoltiamo l'angolo per entrare in un lungo corridoio. Do un'ultima occhiata da sopra la spalla al profilo di Phillip.

Lui si passa una mano tra i folti capelli, con l'espressione lugubre. Sembra sotto pressione, forse perché è rimasto così sorpreso dal mio arrivo.

Mi fermo e poi torno indietro di corsa per rassicurarlo. «Rilassati, maggiordomo Phillip, non saprai nemmeno che sono qui.»

La sua espressione rimane lugubre, la sua voce arcigna e stanca. «Ne dubito sinceramente.»

Do una stretta al suo braccio per rassicurarlo e trovo il granito. Dio, com'è teso. E muscoloso. Che cosa fanno esattamente i maggiordomi per essere così pieni di muscoli? Sollevano il trono per spolverare di sotto? Forse solleva la regale tavola da pranzo con una mano mentre passa l'aspirapolvere sotto. Reprimo una risata a quel pensiero. «Cerca di fare un pisolino. Ti cambierà il mondo.»

Lui fissa la mano sul suo braccio e poi alza la testa. I suoi occhi acquamarina sono scintillanti e duri.

Sento il cuore che batte come un tamburo. Non posso farci niente. Mi mette incredibilmente in soggezione. Roba da scappare a gambe levate. E non sono una mammoletta. *Pensavo che i servitori fossero più… deferenti o roba simile.*

Tolgo la mano e tento di nuovo. «Se c'è qualcosa che posso fare per facilitarti la vita, fammelo sapere. Posso aiutarti.»

Il maggiordomo Phillip arriccia le labbra. «Gli aristocratici non servono il personale. Io sono qui per servire.»

Gli rivolgo un sorriso schivo, solo un lieve incurvarsi delle labbra. Probabilmente dovrei fare le prove allo specchio per essere sicura di non sembrare una psicopatica. O costipata. «Certo. Grazie Phillip e buona giornata.»

Lui mi guarda dall'alto al basso.

Un lampo di irritazione mi fa alzare la testa. Ho sentito dire che i maggiordomi possono essere un po' sostenuti, ma quello era semplicemente sgarbato.

«Wow.» Scuoto la testa e mi allontano a passo misurato con le mie décolleté leopardate (un acquisto stravagante, le scarpe sono la mia debolezza). William mi sta aspettando in quel corridoio dannatamente lungo. Perfino i loro corridoi sono grandiosi: alte finestre di vetro smerigliato, rivestimenti di legno bianco e il soffitto è affrescato e ha cornici barocche di gesso.

Sto per chiedere a William quant'è antico il palazzo Amalie quando sento il fragore di risate maschili provenire dall'atrio. Mi volto, attirata dall'allegria, e vedo il maggiordomo Phillip che si allontana a grandi passi nella direzione opposta.

Quel povero cristo ha bisogno di farsi una scopata.

Torno con aria schiva al mio viaggio per vivere la vita di corte. Almeno per un po'.

2

Gabriel

Mi precipito negli appartamenti dei miei genitori nell'ala ovest, rinunciando al sonno. Oltre a quella pagliacciata di matrimonio e alle mie preoccupazioni per il futuro del regno, adesso devo avere a che fare con spose potenziali che arrivano alle porte del palazzo. Potrei non dormire mai più.

I servitori si sono fatti una bella risata quando Polly ha creduto effettivamente che fossi il maggiordomo. Borbotto tra me e me di donne impertinenti con abiti aderenti e gambe lunghe fatte per avvolgersi intorno… *cazzo*. È passato troppo tempo se trovo attraente quella donna impudente. Do la colpa alla mancanza di sonno. Dovrei mettere le cose in chiaro, ma ho altri problemi più pressanti. Per esempio, che cosa sta combinando mia madre con questo piano bizzarro di attirare candidate alla mia mano con la promessa di una piccola eredità. Ovviamente attirerà solo le nobili più disperate e avide di denaro. Il livello più infimo per l'erede. Che cazzo!

Rallento quando mi avvicino alla loro suite. Mio padre non sta bene, cancro al pancreas all'ultimo stadio, ed è penoso vederlo indebolirsi di giorno in giorno. Ha solo cinquantaquattro anni ed era una persona straordinaria, vitale, potente, un re fiero. Ora, con questa maledetta malattia si sta consumando. Mia madre è sotto stress e gli è praticamente sempre accanto. Il loro è stato un matrimonio combinato che è diventato amore sincero, un'unione intensa. Non vuole regnare senza di lui. Mi preoccupa che cosa sarà di lei senza la sua ancora.

Faccio un respiro profondo e busso. La fedele cameriera di mia madre apre la porta, chinando il capo mentre fa una profonda riverenza. «Altezza, il re sta dormendo. L'accompagno nel salotto di sua madre.»

«Grazie, Joan.»

La seguo nel salotto di mia madre, arredato nei toni dell'azzurro chiaro con le finestre a tutt'altezza affacciate sul mare che lei ama tanto. Mia madre, la regina Alexandra, è seduta a un tavolino di mogano accanto a una finestra. I suoi capelli castano scuro sono raccolti in uno chignon, gli occhi nocciola sono attenti, la pelle pallida. Credo che non passi un po' di tempo all'aperto da mesi. La sua espressione resta tesa per la sua costante veglia al fianco di mio padre. Abbiamo lo stesso colore di capelli, gli stessi zigomi definiti e il naso diritto. Gli occhi verdeazzurro vengono da mio padre. Secondo lui, il colore del mare dei nostri occhi dimostra che eravamo destinati a regnare su questa bell'isola. Proprio come la nostra stirpe, che risale all'originale tribù vichinga e alle loro mogli irlandesi.

La tavola è apparecchiata per due per il tè, come se mi stesse aspettando. I servitori devono averle fatto avere in fretta la notizia dell'arrivo della nostra visitatrice, e probabilmente le hanno anche riferito tutti i particolari su Polly.

Mia madre mi sorride, un sorriso subdolo, che non arriva fino agli occhi. Sta nascondendo qualcosa, si capisce.

«Mamma.» Mi chino per baciarle la guancia morbida.

Lei indica la sedia davanti a sé. «Siediti Gabriel. Vuoi un po' di tè?»

«No, grazie.» Mi lascio cadere pesantemente sulla sedia imbottita. «Avevo appena dichiarato il palazzo chiuso ai visitatori quando è arrivata la tua ospite.»

Lei beve un sorso di tè, nascondendo un sorriso.

Mi chino in avanti e abbasso la voce. «Ovviamente la piccola eredità che pensa di ricevere è diventare mia moglie ed ereditare Villroy. Perché non farlo nel modo tradizionale, discretamente, tramite i canali reali?»

«E che divertimento ci sarebbe?»

«Divertimento?» Sono scioccato. I miei genitori mi hanno inculcato il senso del dovere e delle responsabilità fin dalla nascita. Il divertimento non è mai stato in agenda.

Lei sospira e chiede sommessamente ai servitori di ritirarsi. Io aspetto, con il senso di catastrofe imminente che mi preme addosso.

«Tuo padre sta peggiorando» dice, una volta che siamo da soli.

Deglutisco il groppo che ho in gola.

Lei sbatte le palpebre per respingere le lacrime. Le emozioni sono private e lei tiene accuratamente nascoste le sue. «Non lascio il palazzo, eccetto che per le visite in ospedale, da oltre un anno. La scelta della tua sposa è troppo importante per seguire i canali normali. Gabriel, diventerai presto re.» Le manca la voce e beve un sorso di tè. «Tua moglie sarà la regina e il futuro del nostro regno dipenderà da come regnerete insieme.»

Lo sospettavo. Detesto essere arrivati a questo punto, ma capisco l'urgenza della situazione esattamente come il bisogno da parte dei miei genitori di essere sicuri che la successione avverrà senza scosse. Io voglio una donna che porti classe, dignità e un senso di proprietà al ruolo di regina. Non una donna impudente, impertinente e maleducata con le scarpe leopardate. *Gesù.*

Stringo le labbra, reprimendo la mia protesta sulla prima inappropriata scelta di mia madre. *Per favore, dimmi che stanno arrivando alternative migliori.*

Unisco le dita sopra il tavolo. «Quante candidate hai invitato?»

Lei s'illumina. «Ci sono dieci candidate adatte tra i membri delle famiglie reali.»

«E che cos'hai intenzione di fare con loro?» Sto pensando a

qualche atroce ricevimento o a un ballo reale, entrambi di una noia mortale.

«*Noi* le metteremo alla prova.»

Mi agito, non mi piace come suona. «Come?»

Lei guarda fuori dalla finestra per un momento prima di fissarmi ancora «Ci serve sangue nuovo, idee nuove per aiutare Villroy a prosperare di nuovo per le generazioni future. Quindi vedremo chi è all'altezza del compito.»

«E poi ne sceglierò una?»

I suoi occhi nocciola scintillano. «L'ultima sopravvissuta sarà tua moglie.»

Sobbalzo. Non può voler dire… Mi chino verso di lei e sussurro: «Per sopravvissuta intendi una sfida a morte?» So che abbiamo sangue vichingo, ma siamo stati il massimo del decoro per secoli.

Mia madre sbuffa. «Sarà come *Survivor*, quel reality della TV. Tuo padre e io abbiamo guardato un mucchio di TV da quando è costretto a letto.»

Resto a bocca aperta. È crollata sotto la pressione della malattia di mio padre.

Continua con la voce animata. «Ci sarà una serie di sfide progettate per eliminare le candidate non all'altezza.» Piega di lato la testa. «O forse sarà più simile a quel reality, *The Bachelor*, sai, *L'uomo dei sogni*, e restringeremo il campo in base alla compatibilità.»

Sento lo stomaco che si ribella, immaginando le donne che lottano con le unghie e con i denti in qualunque sfida barbarica inventata da mia madre, cercando disperatamente di vincere. Arriverebbe in fondo solo la donna più aggressiva, e poi dovrò sposarla. Mi serve una compagna, non una megera.

Apro la bocca per protestare, ma lei sorride, il primo sorriso sincero che le vedo fare da parecchio tempo e quasi sorrido anch'io vedendolo. Potrei farcela, se non stessi per essere esposto come un trofeo per questa folle gara.

«Usiamo entrambi i titoli!» esclama allegramente mia madre. «*Survivor* incontra *The Bachelor*, in stile regale.»

Devo chiederglielo. «Ti senti bene? Stai dormendo abbastanza?»

«Sto bene. L'ho già detto a tuo padre, ed è veramente interessato. Dice che porterà un po' di vita in questo palazzo e, inoltre, ti preparerà a diventare re. Avrai bisogno di usare grazia, diplomazia e capacità di giudizio per fare la scelta giusta.»

Una cosa simile non sarebbe mai successa prima che mio padre si ammalasse. Mi aggrappo al sottile filo di ragione che mi resta. «Quindi la scelta toccherà a me, in ultima analisi.»

«Previa approvazione reale.» E questo significa che il re e la regina dovranno essere d'accordo con la mia scelta. Re e regina battono il principe. Diavolo. E se finissi con Polly, l'incredibilmente inappropriata Polly dalle scarpe leopardate, come regina perché assomiglia a qualche concorrente di un reality che piace ai miei genitori? È una pazzia.

Mi piacerebbe ululare dalla disperazione, ma do un'occhiata a quel raro sorriso radioso e cedo. «Così sia.»

Mia madre mi stringe la mano, in una rara dimostrazione d'affetto. «Sapevo che avresti capito. Le altre donne stanno per arrivare. I giochi cominceranno domani.»

Non voglio nemmeno saperlo. La mancanza di sonno, questa folle competizione, la salute declinante di mio padre, il futuro del regno. Per protesta, il mio cervello dichiara forfait.

Prendo educatamente congedo e salgo al terzo piano, nella mia suite, senza pensare ad altro che a dormire.

Sogno un tacco leopardato che mi colpisce una guancia, la sua caviglia appoggiata alla mia spalla e il suo corpo che freme intorno a me.

Mi sveglio fradicio di sudore.

3

Anna

Ho una cameriera! Si chiama Anna e la cosa mi fa uscire di testa perché mi chiamo anch'io così. Temo che mi abbiano scoperto, ma Anna è così calma e servizievole che sono obbligata a concludere di essere paranoica. Poi scopro che quella è l'ultima delle mie preoccupazioni, perché adesso Anna mi sta accompagnando nella stanza delle udienze nell'ala ovest, per incontrare la regina Alexandra per la prima volta, per parlare dell'eredità. La regina! Sono sicura di dover chinare il capo e fare la riverenza. Ma a parte quello… il vuoto.

Mi passo le mani sudate sul vestito, l'ultimo della mia selezione tropicale. Polly viene dalle isole Beaumont, nei Caraibi. L'abito è fucsia con un disegno di fiori bianchi e gialli, scollatura all'americana, stretto in vita e finisce a metà coscia. Peccato che Polly non abbia portato con sé a Tampa i suoi vestiti da principessa, o avrei potuto imitarla meglio. Si è rifornita da Target per la sua nuova identità di principessa in incognito.

L'unica buona notizia, in tutta questa situazione incasinata, è che Polly indossava cappellini con la veletta quando era in pubblico (regola per tutte le donne nubili della famiglia reale nel suo paese), quindi posso passare per lei. Siamo entrambe brune con i capelli ricci, poco più che ventenni (io ho ventitré anni), abbiamo una corporatura simile e quasi la stessa altezza (io sono un metro e settantacinque). Polly mi ha assicurato di non aver mai incontrato la famiglia reale di Villroy. La sua cerchia sociale era ristretta in modo soffocante.

Anna mi rivolge un sorriso teso mentre ci avviciniamo alle porte della sala delle udienze, come se fosse preoccupata per me, aumentando il mio nervosismo. Forse è perché mi ha spronato a indossare uno scialle bianco sopra le spalle e io ho rifiutato. Troppo da nonna per i miei gusti. Voleva anche raccogliermi i capelli, ma chi è l'estetista/parrucchiera diplomata tra le due? Ho lasciato sciolti i capelli; i miei riccioli sono indomabili. L'unica cosa che si può fare è impedire che diventino crespi.

Non per vantarmi, ma sono riuscita a finire la scuola per estetisti e mi sono fatta strada fino a lavorare in un salone elegante con un mucchio di clienti felici. Il mio piano è sempre stato di risparmiare abbastanza per poter comprare il salone dall'attuale proprietaria quando andrà in pensione, tra sette anni. Proprietaria del mio salone prima dei trent'anni. Credo fermamente nel prendere il controllo del proprio destino. Ho un tabellone dei desideri e Post.it con i miei obiettivi sparsi per tutto il mio monolocale. Mi ripeto i miei obiettivi come un mantra dal momento in cui mi sveglio: *avrò il mio salone di bellezza prima dei trent'anni.* Alcuni potrebbero dire che è un po' da pazzi. Io dico, fanculo, che male può fare?

E il mio destino non si è manifestato sotto forma di una principessa che mi ha offerto un dono che potrebbe far avverare i miei sogni? Più o meno. Polly e io abbiamo ancora parecchia strada da fare per arrivarci.

Faccio un passo dentro la sala delle udienze riccamente ornata, quasi mi viene un infarto per lo shock e mi volto verso Anna, che è giù uscita e sta chiudendo silenziosamente la porta. Mi volto e faccio un respiro profondo per calmarmi. La stanza enorme mi fa sentire piccola: dorature dovunque, un soffitto che sembra risalga al rinascimento con affreschi di creature eteree, un enorme lampadario di cristallo che brilla riflettendosi sul lucido pavimento di legno intarsiato. Decine di antenati reali mi guardano dall'alto in basso dai dipinti a olio lungo le pareti, e proprio in fondo a questa stanza massiccia che intimidisce c'è un grande e antico doppio trono di legno. La regina Alexandra è seduta lì, da sola, con un abito azzurro polvere dalle maniche lunghe, scarpe coi tacchi in tinta, collana e orecchini di perle. È la definizione di classe e io mi sento di colpo come se avessi dovuto indossare qualcosa di meno tropicale e più nel genere pastello.

E come se questo non mi intimidisse a sufficienza, ci sono nove donne che affiancano il trono, in un mare di pastello e lisci capelli lucenti, in piedi a formare due archi, come se dovesse cominciare una sfilata di aristocratiche bellezze. L'unica chance che ho è di diventare Miss Simpatia.

Prendo seriamente in considerazione l'idea di scappare. I miei riccioli selvaggi e il vestito tropicale spiccano come una giraffa in uno zoo per bambini. Un servitore si mette al mio fianco prima che possa mettere in atto la mia fuga, chiedendomi pressantemente di prendere posto con le altre donne. La piccola eredità di Polly dovrà essere divisa per dieci? Perché non credo che basterà per la parcella di un avvocato.

Sono quasi alla fine della fila sulla sinistra, quando un uomo con una camicia bianca candida e pantaloni neri annuncia: «La principessa Mary Louise Lyon delle Isole Beaumont.»

Sono io. Con il cuore che mi batte nelle orecchie, prego di non fare casini, per il bene di Polly. Faccio tre passi avanti, chino la testa e faccio una profonda riverenza. Non so esattamente per quanto tempo restare in quella posizione. Tre secondi mi sembrano giusti. Mi raddrizzo lentamente e mi rivolgo direttamente a lei. «È un piacere conoscerla, Maestà.»

La regina sorride, un sorriso gentile. «Grazie per essere venuta fin qua, Mary. Per favore, unisciti alle altre.»

Ubbidisco, sentendo su di me le occhiate di traverso delle altre donne.

La regina poi si rivolge a tutte noi e lascia cadere la bomba. «Vi ho chiesto di venire con un falso pretesto.»

Segue un silenzio sbalordito. Merda. Niente eredità?

La regina continua. «Non siete qui per reclamare una piccola eredità.» Fa una pausa e la tensione è così alta che mi fa venir voglia di urlare *Dai, continua!* Finalmente riprende a parlare. «Siete qui per un tesoro più grande di quanto possiate sognare. Solo una di voi, però, potrà ottenerlo.»

Le donne mormorano a bassa voce tra di loro.

La regina non dà altre spiegazioni. Vabbè, qualcuno deve pur chiedere.

Alzo la mano. «Come deciderà chi lo otterrà?»

La regina socchiude gli occhi e stringe le labbra.

«Maestà» aggiungo, in po' in ritardo.

La regina si rivolge a tutta la stanza in un tono asciutto. «Prima di proseguire, vi devo chiedere di firmare un accordo di riservatezza.» Indica un tavolino dove un uomo con un completo grigio antracite sta aspettando per fare da testimone alle firme. «Se preferite non farlo, potete andarvene adesso.»

Nessuna delle donne se ne va. Formiamo una fila, perché chi non ha bisogno di un tesoro più grande di quanto possa sognare? Sospetto che alcune di noi possano averne bisogno più di altre. Io devo consegnarlo a Polly, ma lei mi ha assicurato che una parte servirà per le cure del mio padre affidatario, Mike.

Ho spostato i miei appuntamenti e preso due settimane di vacanza per poterlo fare. Sapete quand'è stata l'ultima volta che ho preso qualche giorno di vacanza? Uh… mai. Ho sempre avuto in mente il mio obiettivo, avere il mio salone di bellezza prima dei trent'anni e ciò significa che lavoro sempre. Perfino a casa. Sono reperibile per qualunque cosa serva agli inquilini. Sono l'amministratrice e il manutentore del nostro palazzo e per quello non pago l'affitto. Sono in grado di riparare un mucchio di cose, grazie a Mike, che era un tuttofare. Non mi dispiace il lavoro duro. Mi porta dove voglio arrivare.

Sono l'ultima a firmare e mi prendo tutto il tempo per leggere tutte le clausole. Non si può parlare con la stampa, niente foto, niente social media, consegnare i telefoni per tutta la durata del soggiorno. Ehi! Niente telefono? Che razza di posto retrogrado e tecnofobico è mai questo? Posso vivere senza il mio telefono? Chi guarderà i video dei gatti? Sono il mio antistress. M'innervosisco al solo pensiero di restare senza telefono. Continuo a leggere le clausole scritte in piccolo per individuare altri segnali d'allarme. Dobbiamo impegnarci per tre settimane per la gara. Tre settimane? Gara?

La tempistica mi crea dei problemi. Penso di riuscire a sopravvivere senza telefono se sono occupata a vincere la competizione, qualunque sia. Probabilmente riuscirei a battere la squadra delle principesse ammodo in quasi tutto. Sono donne filiformi, ultra educate, abituate a farsi servire, non a lottare come me per ottenere ciò che vogliono. Ma la scadenza è fin troppo vicina all'udienza di Polly, che sarà solo una settimana dopo la fine della competizione. E se non vincerò il primo premio, quella settimana extra senza stipendio peserà parecchio. Mi vengono immediatamente in mente le cure di Mike. I medici hanno detto che non possono più fare niente per lui e lo hanno mandato a casa a morire. Cancro ai polmoni. Mi si stringe la gola, come tutte le volte in cui penso che morirà. La sua casa è stata l'ultima in cui sono finita, a diciassette anni. Mi ha perfino lasciata restare nel monolocale sopra il garage, quando ho compiuto diciotto anni e sono uscita dal sistema, senza farmi pagare l'affitto. Non sarei mai riuscita a finire la scuola per estetisti senza quel posto sicuro in cui vivere. Vorrei solo che ci fossimo trovati prima.

Mi costringo a pensare alle cose pratiche. Questo mese attingerò ai miei magri risparmi per coprire le spese per l'infermiera di Mike. Glielo devo. La proprietaria del salone è un tipo in gamba, vuole che sia io la futura proprietaria del suo salone e questo gioca in mio favore, ma non sono sicura che sarà contenta di un'assenza così lunga. Le mie clienti sono alcune tra le più ricche e mi sono molto affezionate. Il rapporto con la propria parrucchiera è sacro. E chi farà il mio lavoro nel caseggiato, chi gestirà gli inquilini? E se finissi senza un impiego e senza una casa? I miei risparmi non basterebbero per molto per me e un'infermiera a domicilio.

Mi guardo attorno, al mare di principesse pastello e

ricordo Polly, abituata a indossare solo colori pastello e perle e che ora rischia di indossare una tuta arancio ed essere picchiata regolarmente da qualche stronza di dura di nome Spike. Non che sappia il nome della stronza, ma scommetto che ci sono andata vicino.

Alzo la mano, dando un'occhiata alla regina sul suo trono e poi al tipo avvocatesco dall'altra parte del tavolo, assicurandomi che mi sentano entrambi. «Ho una domanda. Che tipo di competizione può durare per tre settimane?»

Silenzio. Le principesse mi guardano cupe. Che c'è? Sono l'unica a cui interessano le specifiche?

«Volevo dire. Ho solo due settimane…» Smetto di parlare, rendendomi conto di colpo che Polly non ha un lavoro con specifiche restrizioni per le vacanze. «Ho degli impegni presi in precedenza.»

«Spostali» dice la regina, come se si aspettasse di essere semplicemente ubbidita.

Mi mordicchio il labbro. Se non riuscirò a mettermi d'accordo con la proprietaria, a casa, questa storia potrebbe finire prima ancora di cominciare.

Parla il tizio, l'avvocato. «Solo la vincitrice resterà per tutte e tre le settimane. È più che possibile che lei non arrivi fino in fondo.» Le sue labbra si arricciano come se si aspettasse che io perda immediatamente, di qualunque cosa si tratti.

Raddrizzo le spalle e la schiena. Non mi sono mai tirata indietro da una sfida. Chiederò a un'amica di occuparsi del caseggiato, facendo fare all'esterno i lavori di riparazione urgenti per conto degli inquilini e rimandando le piccole cose fino al mio ritorno. Pregherò la mia capa al salone di darmi un'altra settimana e convincere le mie clienti ad aspettarmi, offrendo loro una messa in piega gratuita per un'occasione speciale. Ne uscirò vittoriosa. È il mio nuovo mantra: vittoria! Per Polly, per me, per Mike e per farla vedere a quella brutta faccia spocchiosa d'avvocato.

Inoltre, un tesoro più grande di quanto possiamo sognare dovrebbe bastare per tutto. Polly non mi lascerà affondare nei debiti dopo averle salvato il culo. Ovviamente, solo se vincerò. Sto correndo un grosso rischio, personalmente e professionalmente. Per non parlare del rischio di essere scoperta a impersonare una principessa. Come minimo, finirei in prigione a casa, distruggendo la mia reputazione e il mio piano di possedere il mio salone, senza potermi permettere l'infermiera per Mike. Le clienti devono fidarsi di te e i pregiudicati non ispirano molta fiducia.

Oppure potrebbero chiedermi conto dei miei crimini proprio qui, nell'isola di Villroy. Qui la monarchia ha un potere vero. Cioè: la loro isola, le loro leggi. Non sono riuscita a trovare notizie di esecuzioni recenti nella mia breve ricerca, ma sono cosciente che, se scoperta, le mie possibilità di andarmene di nascosto da un'isola accessibile solo via nave sono veramente scarse. Ci sono due ore di traghetto per arrivare in Francia, in un mare burrascoso e nemmeno io sono una nuotatrice abbastanza forte. Questi aristocratici potrebbero essere così incazzati da tirar fuori una vecchia ghigliottina arrugginita, o, peggio, gettarmi in una segreta con i ragni. Rabbrividisco. È una fobia. Non significa che io non sia una dura.

Inoltre, se mi beccano, vorrà dire che la vera Polly sarà sottoposta a una tempesta di pessima pubblicità. La gente vorrà che paghi per i suoi crimini. La sua famiglia la ripudierà. Perderà tutto.

Respiro forte, con lo stomaco sottosopra. Non c'è posto per i dubbi. Penso a Polly, allegra e luminosa, così felice di sperimentare la libertà per la prima volta nella sua vita. Ne ha diritto.

Vittoria, vittoria, vittoria.

Riesco a fare un profondo respiro, dentro l'aria buona, fuori l'aria cattiva. *Concentrati, raccogli l'eredità, e poi via.*

Riprendo il controllo e mi rivolgo alla regina. «C'è qualche spazio di manovra per la regola del niente-telefono?»

La regina mi fissa.

L'avvocato mi risponde con un tono vagamente minaccioso, come se fosse a *tanto così* dallo strangolarmi di persona.

«Potrete usare il telefono del palazzo in salotto se sarà assolutamente necessario.»

I pezzi del puzzle si compongono nella mia mente in un modo allarmante. Siamo su un'isola, isolata dal resto del mondo sia geograficamente sia dal punto di vista delle comunicazioni, e non ci hanno ancora rivelato la natura di questa competizione. La mia mente va a ogni spaventoso film dell'orrore che ho visto. La frase dell'avvocato, che non sarei arrivata fino in fondo, di colpo mi sembra minacciosa. Mi guardo intorno, ma le altre donne non sembrano cogliere la minaccia. Siamo isolate, sottoposte a prove e forse anche fatte fuori!

«Che cosa sta succedendo qui?» grido.

E poi si avvicina la regina stessa, suscitando un mormorio collettivo quando mi affronta dall'altra parte del tavolino.

Ci fissiamo negli occhi e io ricordo, in ritardo, che dovrei abbassare modestamente gli occhi, fare la riverenza e tutta quella roba, ma sono spaventata e semplicemente non ci riesco. In che cosa mi sono cacciata? Il mio cervello mi sta urlando *Polly ha bisogno di te,* ma il mio istinto urla *questa gente è folle; vattene finché sei in tempo!* Sono sicura che sarei la prima a morire in un film dell'orrore. Resterei semplicemente lì, paralizzata, mentre scende l'accetta e tutti nel pubblico urlano: «Scappa!»

La regina parla sottovoce, come se avesse percepito che stavo sclerando. «Tu non sei come le altre.»

Merda. Sono stata troppo me stessa. Cerco una risposta adatta a una principessa, nella voce più calma che riesco a mostrare. «Facciamo le cose diversamente a Beaumont. Hanno tutti troppo caldo per non essere rilassati, per via del clima tropicale.» Mi stampo un sorriso sulla faccia e poi cerco di attenuarlo, cercando di ridurlo a una lieve curva delle labbra, un sorriso sottotono che sembra quasi come se stessi atteggiando le labbra per fare la faccia da pesce. Non proprio regale. Uffa! «Maestà» aggiungo.

Lei inclina regalmente la testa. «Vorresti ritirarti dalla gara?»

«Che cosa avete intenzione di fare con le partecipanti che non vinceranno?» sussurro.

«Ritornerete al vostro regno, rese più ricche dall'esperienza.»

Il *più ricche* mi ricorda qual è il mio vero scopo, fondi per l'avvocato di grido per Polly. Devo farmi forza ed essere il suo cavaliere, no, la sua amazzone dalla scintillante armatura.

Fisso gli occhi nocciola della regina Alexandra, che brillano di diabolica contentezza, come se avesse qualcosa di subdolo in serbo. «Mi organizzerò, Maestà. Posso chiederle in che cosa consiste esattamente questa competizione?»

La regina sussurra. «Hai visto *Survivor*?»

Spalanco gli occhi. Nemmeno in un miliardo di miliardi di anni avrei mai pensato che me lo chiedesse. Mi calmo, perché almeno siamo fuori dal territorio dei film dell'orrore. Se si tratta di qualche tipo di sfida primitiva in natura, beh, non sono esattamente allenata, ma il mio istinto di sopravvivenza è forte. Obbligatorio, visto da dove vengo. Sono dura e forte.

«Ci sto.» Anna Hebert sta per disintegrare la concorrenza. Voglio dire, Polly Lyon. Firmo con il suo nome, con uno svolazzo.

«Eccellente» dice la regina prima di dirigersi al suo trono con il passo un po' più allegro.

Lieta che la regina sembri contenta, torno al mio posto con le donne, ad aspettare ulteriori istruzioni.

La regina alza una mano. «Prendete tutti gli accordi necessari e poi consegnate i telefoni ad Albert.» Indica un vecchio curvo con i capelli bianchi che si stanno assottigliando, nell'uniforme dei servitori, camicia bianca e pantaloni neri. «La gara comincerà a Point Beach a mezzogiorno.»

«Che cosa dovrei indossare?» chiedo.

Silenzio di tomba. Le altre donne mi guardano come se fossi uno strano animale. Una giraffa, forse. Decisamente non mi sto integrando, ma, accidenti, sono io l'unica che si pone delle domande?

«Qualunque cosa ti sembri adatta per pescare» dichiara la regina.

Questo causa un pacato trambusto tra le donne, nessuna delle quali si sta rivolgendo direttamente alla regina. Contenuta indignazione è probabilmente la descrizione migliore. Io non ho mai pescato, ma, ehi! Vengo da Tampa e sono abituata all'acqua. Sono una forte nuotatrice. E ho portato il bikini. Tutto a posto. Mi sento un po' compiaciuta per come stanno andando le cose, quando un uomo con un abito blu scuro gessato entra come se fosse casa sua. È il maggiordomo Phillip. Per qualche ragione non indossa lo smoking da maggiordomo. Forse è fuori servizio. La sua espressione è austera e lugubre come la ricordavo. Gli incavi sotto gli zigomi sono più pronunciati quando stringe le mascelle come sta facendo adesso. Forse è qui per preparare la roba per la gara.

Continua a camminare diritto verso la regina. Deve essere sicuro del posto che occupa con la famiglia reale perché si abbassa e dare un bacio sulla guancia alla regina e poi si volta a guardarci.

Le donne sono stranamente silenziose.

E poi la vedo, la somiglianza tra il maggiordomo Phillip e la regina, gli stessi capelli castano scuro, gli stessi zigomi definiti anche se Phillip ha gli occhi di un meraviglioso color acquamarina mentre quelli della regina sono nocciola. Dev'essere suo figlio. E questo significa… oh, cavolo!

La regina alza una mano, indicandolo senza essere così maleducata da puntare il dito. «Il principe ereditario Gabriel giudicherà con me la competizione. In bocca al lupo a tutte!»

Uccido con lo sguardo il maggiordomo impostore. Perché mi ha permesso di pensare che fosse un servitore? Ho già rovinato tutto per Polly? Il modo in cui gli ho parlato! Quasi rabbrividisco quando mi tornano in mente le mie parole. Quando mi aveva detto di essere il maggiordomo Phillip, gli avevo detto: *Proprio come il principe Phillip, il royal hottie! Molto più figo dell'erede al trono. Quel tizio, oh mio Dio, ho sentito che è una schiappa.*

Ho chiamato schiappa il principe ereditario di Villroy! Ed è il giudice della gara.

Peggio ancora, ho detto che è una lagna e che doveva

scendere dal piedestallo! Phillip è suo fratello. Ovvio che mi stesse prendendo in giro. Gli altezzosi principi ereditari prendono in giro le principesse? No, aspetta, mi aveva detto di essere il maggiordomo Phillip prima che gli dicessi di avere sangue reale. Che cos'è questa storia? Si diverte a fingere di essere un servitore?

Mi squadra dalla testa ai piedi, con il suo sguardo altezzoso, poi alza un sopracciglio arrogante. Quel sopracciglio dice *ah ah, adesso lo sai. Prostrati davanti a me.*

Alzo la testa. Io non mi prostro.

Un angolo della sua bocca si alza in un sorrisino sexy che mi fa infuriare. Si sta godendo il suo piedestallo.

Faccio un passo avanti, sul punto di dire la mia, quando ricordo che dovrei essere tutta modestia, colori pastello e perle. Dentro di me infuria una breve lotta interiore, per decidere come posso riuscire a fargliela pagare senza rischiare la mia copertura. Ma poi la regina gli dice qualcosa e lui aggrotta la fronte. Escono entrambi senza guardarsi indietro.

Se ne vanno anche le principesse.

Io torno di corsa nella mia stanza per prendere gli accordi con la mia gente a casa. Non posso permettere alla mia paura di una possibile futura disoccupazione, di restare senza un tetto e di segrete infestate dai ragni di annebbiare i miei pensieri. Devo restare concentrata per vincere. E farla vedere a quell'impostore del principe Gabriel.

4

———

Anna

Metto piede sulla spiaggia, nel mio bikini leopardato e resto paralizzata, mortificata dal mio completo errore di valutazione. Nessuno indossa un bikini, e nemmeno un costume intero. Sento le guance che scottano quando, a una a una, le principesse mi squadrano.

Seguono risatine e sussurri. Le altre donne indossano pantaloni a pinocchietto, bermuda, blusette eleganti con le maniche corte a sbuffo, bottoncini di perla, volant e roba simile.

Giraffa, ti presento lo zoo per bambini.

Mi obbligo a continuare a muovermi nonostante i sussurri, nonostante l'espressione di disapprovazione della regina, nonostante le enormi guardie di sicurezza che l'affiancano, che, ne sono sicura, mi stanno adocchiando di nascosto dietro gli occhiali. Non è che abbia il tempo di tornare nel palazzo, cambiarmi e ripresentarmi in tempo per la gara. E come se le principesse non concepissero il concetto di casual. Non mostrano nemmeno tanta pelle. Tutte sono allacciate fino al collo, non c'è niente senza maniche. Di colpo capisco perché Anna insistesse per farmi indossare uno scialle. Dev'esserci qualche regola di corte che impone di non mostrare le spalle nude, o la scollatura o roba simile.

Non fa niente, io sono qui per vincere.

Mi pianto vicino al gruppo, allungo le braccia verso il cielo azzurro senza una nuvola e faccio stretching. Poi scuoto le gambe. Mi solleva il fatto che il leopardo è il mio spirito animale, motivo per cui è così ben rappresentato nel mio guardaroba. I leopardi sono forti, fieri e tenaci.

Immagino che dovremo pescare alla vecchia maniera perché le uniche cose sulla spiaggia, oltre alle altre principesse e alla regina con le sue guardie, sono reti e grandi cesti. Probabilmente dovremo nuotare fino a raggiungere un'area di pesca e poi raccogliere quanti più pesci possibili con le reti. Non sono schifiltosa. Ce la farò.

La regina indossa lo stesso vestito, ma con le ballerine. Le quattro guardie hanno t-shirt e pantaloni neri. Questi tizi sono seri da morire. Mi fanno venir voglia di mostrare loro la mercanzia, solo per vedere se riesco a smuoverli.

Mi avvicino a una delle donne, una principessa che sembra un angelo, capelli biondi raccolti in un ordinato chignon, grandi occhi azzurri, nasino all'insù. È un po' in disparte rispetto al resto della mandria. Forse nemmeno lei conosce le altre donne. Forse potremmo essere amiche, o alleate. «Salve, io sono Polly.»

Lei sorride pudica e le riesce benissimo. «Io sono Marguerite.»

«Da dove vieni?»

«Alvilda.»

Non ne ho mai sentito parlare, ma Polly probabilmente sì. «Alvilda ha bisogno di un tesoro?»

La sua voce è dolce e melodica. «Ogni regno deve proteggere il suo patrimonio con ogni mezzo necessario.»

«Sì, ma non è tutto un po' folle? Una gara tra principesse reali? Non è degno di noi.»

Lei si lecca le labbra, fissando il nuovo arrivato. Gabriel. Sento il sangue scorrere più veloce nelle vene perché, per una volta, non sembra così perfetto. In effetti sembra quasi normale, con una t-shirt grigia e pantaloni sportivi corti. La sua postura, fiera e possente, lo tradisce comunque. Colui che pensavo essere un compassato maggiordomo, fiero del suo posto nel palazzo era effettivamente un principe, destinato a diventare re. Occhiali scuri nascondono la sua espressione anche se le mascelle sembrano ancora tese, le labbra strette. La regina deve veramente prendere sul serio questa competizione per coinvolgere Gabriel. Dov'è il re? C'è qualcosa che non va in lui? E perché stanno regalando un tesoro? C'è qualcosa che non va proprio in Villroy? Perché sono l'unica a farsi queste domande? A tutte queste principesse hanno estirpato a forza la curiosità durante le lezioni di etichetta? *Sorridi pudica, segui l'onda, segui il protocollo.* Non mi meraviglia che Polly sia scappata in Florida per vivere un po'.

Arriva un altro uomo, un servitore. Si capisce dalla divisa, camicia bianca e pantaloni neri, e porta una grossa scatola. Devo ancora incontrare il vero maggiordomo. Spero che indossi uno smoking o almeno un completo. Spero sempre di provare a vivere come un membro della famiglia reale. Il maggiordomo dovrebbe chiamarsi Jeeves, o Nigel, no, meglio Edwin.

Il servitore rovescia il contenuto della scatola sulla sabbia. È una grossa zattera gonfiabile, tutta ripiegata. Niente compressore, nemmeno una pompa manuale.

Fissiamo tutte la zattera.

La regina tuba: «Lavorerete tutte insieme per gonfiare la zattera, la porterete nell'insenatura e pescherete. La persona che riporterà più pesci vince. Prendete per favore una rete e un cesto.»

Le donne si avvicinano lentamente alle reti e ai cesti. Non io. Io vado verso la zattera e la dispiego, sperando che ci sia almeno una pompa a mano riposta all'interno. Niente da fare. E non credo nemmeno che ci sia posto per dieci donne, perfino per dieci silfidi come queste. Mi metto carponi e cerco accuratamente per vedere se ci sia un pulsante per l'autogonfiamento e, non trovandolo, apro la valvola e soffio qualche volta. Non si muove nemmeno.

Alzo gli occhi da dove sono ancora inginocchiata e trovo Gabriel che mi fissa. Lo sento perfino attraverso gli occhiali da sole. «C'è una pompa da qualche parte?»

Lui indica la regina.

Mi alzo e faccio la stessa domanda alla regina, ricordando di aggiungere Maestà. Lei mi rivolge un sorrisino da Monna Lisa, che non è una risposta.

Vado verso le reti e i cesti, prendendo gli ultimi rimasti. Oh, perfetto, la mia rete è strappata. L'obiettivo è prendere più pesci, non il pesce più grosso, quindi avevo pensato di prendere un sacco di pesciolini. Ora cadrebbero dallo squarcio. Annodo insieme in fretta i lati sfilacciati. Lo strappo è sistemato, ma adesso la mia rete è deformata. Che cosa si può fare? Ho perso tempo intorno alla zattera, quindi ho avuto l'ultima scelta. Chi dorme non piglia pesci.

La regina alza una mano. «Torneremo tra due ore per scegliere la vincitrice. La persona che vincerà potrà dire la sua per la prossima gara. L'ultima andrà a casa con il prossimo traghetto.»

Se ne va, e con lei le guardie, poi se ne vanno anche Gabriel e il servitore.

Una volta spariti, ci guardiamo tutte in faccia.

«Tu» dice una delle donne con fare imperioso, puntandomi addosso una lunga unghia lucida, «gonfia la zattera.»

Stringo gli occhi. «Mi chiamo Polly e non *tu* e non potrei gonfiare quella roba nemmeno se volessi. È enorme. Guarda, se ne sono andati. Tutto ciò che conta è prendere i pesci. Andremo a nuoto, ne raccoglieremo un po' e torneremo a riva.»

«Ma hanno detto che dobbiamo portare la zattera nell'insenatura» dice qualcuna piagnucolando.

«Io non so nuotare» dice sconsolata Marguerite.

Sbuffo, frustrata. Sembra una sfida impossibile. Guardo le dune, le alte scogliere, cercando le telecamere. La vera sfida è vedere che cosa succede di fronte all'impossibile. Non vedo telecamere. La regina è una vera figlia di…

«Sbrigatevi prima che salga la marea» dice una principessa dai capelli rossi. E poi si precipita nell'acqua bassa e affonda la rete.

Le altre donne la seguono, accalcandosi per trovare spazio. Una viene spinta in acqua e riemerge sputacchiando. Scoppia una lite e resto a bocca aperta, con gli occhi sgranati. È *brutale*. Urla, pugni che volano, tirate di capelli.

Beh, maledizione, non c'è voluto molto alle principesse per regredire allo stadio *Signore delle mosche*. La mia piacevole fantasia regale è a pezzi. Scuoto la testa. Sapete, l'unica cosa che desideravo in questa folle situazione era provare a vivere come un'aristocratica. Ora so la verità. La gente è la stessa ovunque, anche se è nata con un cucchiaio d'argento in bocca. È come se avessi scoperto che Babbo Natale non esiste. Non c'è più magia nel mondo.

Sospiro. Immagino che dovrò semplicemente aspettare che la smettano di sguazzare in giro, spaventando i pesci. Scommetterei che rinunceranno in fretta.

Gabriel

Subito dopo la presentazione della prima sfida, raggiungo mia madre nelle stanze reali, dove mio padre giace a letto. Abbiamo mantenuto il silenzio sulle sue condizioni di salute, ma ha superato il punto in cui la medicina lo può aiutare. Lo schermo del televisore montato in modo che possa guardarlo dal suo letto, mostra le immagini a circuito chiuso delle donne sulla spiaggia.

Mio padre sta sorridendo. «Ben fatto, Alexandra. La pesca è la sfida perfetta. Tutti dovrebbero capire come va la vita qui.» Villroy ha una lunga storia di pesca che risale ai primi colonizzatori vichinghi. La tribù vichinga originale era conosciuta come "I Selvaggi". Sono contento di discendere da gente selvaggia. Posso aver represso quelle tendenze più rudi sotto il decoro reale, ma ci sono ancora. Sono un re guerriero nato nel secolo sbagliato.

I vichinghi originali erano partiti da una colonia da tempo

insediata nelle isole irlandesi e avevano portato con loro le mogli irlandesi. Più tardi, erano subentrati gli inglesi e poi i francesi. Un paio di secoli fa, dalle originali radici vichinghe era sorta la stirpe dei Rourke. Sotto la guida dei Rourke, l'isola di Villroy era diventata uno dei maggiori fornitori di prodotti ittici. Ora, con la popolazione ittica in forte calo, c'è più lavoro per meno pescato e i pescatori sono costretti ad arrivare sempre più lontano. La generazione più giovane punta al continente per avere migliori opportunità. Una popolazione costituita solo da vecchi non può sopravvivere a lungo come regno. Abbiamo bisogno di qualcosa per tenere qui i giovani, offrire loro lavoro e opportunità migliori di ciò che potrebbero ottenere altrove. È ciò che mi tiene sveglio di notte.

Mia madre si siede nella poltrona accanto al letto di mio padre, gli accarezza la mano e mormora: «Sono contenta che ti piaccia.»

E capisco che si sono creati un reality show, tutto per loro. Un altro promemoria che, anche se i miei genitori si sono sposati da estranei, il loro legame adesso è forte. L'amore può far fare strane cose. Normalmente i miei genitori solo il massimo del decoro e della grazia. La malattia di mio padre li ha cambiati entrambi, da quando hanno saputo di non avere più molto tempo da passare insieme.

Devo chiederlo. «E come farà la gara a decidere qual è la sposa migliore per me?»

Mia madre mi guarda. «Ti ho detto che abbiamo bisogno di sangue nuovo con idee nuove per il futuro di Villroy. Quelle sfide sono state inventate per trovare la candidata migliore.»

Mio padre annuisce, con lo sguardo incollato alla TV.

«Facendole pescare?» chiedo, senza curarmi di nascondere il mio scetticismo. Penso ancora che sia tutto solo per divertire mio padre. I doveri della sposa reale non includeranno la pesca.

«Fa parte della tradizione, Gabriel» sbotta mia madre.

«Sì, la tradizione» le fa eco mio padre.

Stringo le labbra. Pescare può aver fatto parte delle vite dei nostri antenati, ma non è più una cosa regolare per la famiglia reale da generazioni. «Dove sono le telecamere?»

«Dappertutto» risponde mia madre, con gli occhi incollati allo schermo. «Le telecamere al giorno d'oggi sono così piccole, non è per niente difficile piazzarle.»

Mi viene in mente un pensiero orribile. «Anche nelle stanze da letto? I bagni?»

Mia madre mi dà un'occhiataccia. «Per favore, Gabriel. Non devi provare a sedurre una di loro. Vanificherebbe completamente lo scopo dei giochi.»

Digrigno i denti. «Se c'è una telecamera nella mia stanza…»

«Non c'è» dice mia madre. «Pensi che voglia che si filmino i nostri momenti privati? Le stanze degli ospiti e i bagni restano privati.»

«Non preoccuparti» aggiunge mio padre. «Tua madre e io l'abbiamo ponderato bene. Siamo come dei produttori TV. Era tutto scritto nell'accordo di riservatezza che hanno firmato.»

«Siamo anche i registi» dice orgogliosamente mia madre.

Reprimo un gemito. Quando sei in manicomio, comportati come i matti. Riporto l'attenzione sullo schermo. Le donne stanno sguazzando nell'acqua bassa; le onde sono moderate durante la bassa marea. Stanno gettando le reti da pesca in modo disordinato, eccetto Polly, che sta ripiegando la zattera. In bikini. I globi sodi del suo sedere rotondo puntano verso l'alto quando si curva per farlo. Perché deve piegare la zattera? Perché indossa un bikini? Dovrebbe essere coperta come le altre donne. Do un'occhiata alle altre principesse e anche a distanza vedo che è come una gara di magliette bagnate, tanto sono diventati trasparenti i loro vestiti. Torno in fretta a Polly.

«Quella spicca, vero?» chiede mia madre. «Mi piace.»

«Viene da un regno su un'isola, ed è un vantaggio» aggiunge mio padre.

Io ho gli occhi incollati al suo corpo fantastico. «Intendete dire Polly?» Ho la voce un po' roca.

«Oh no! Non lei!» esclama mia madre. «Non va assolutamente bene come regina. Non ha fatto il minimo sforzo per integrarsi con le altre. È troppo diversa e il suo accento è orribile. Chiaramente non è stata educata nella sua terra natia.»

Il suo accento è americano, poco raffinato, audace e sfacciato. Esattamente come lei. Non dovrebbe piacermi, invece è così. Mi fa pensare che sarebbe audace anche in altri modi. Il tipo di donna che mi soddisferebbe.

«Il suo accento si può addomesticare, mia cara» dice mio padre e poi scoppia in un lungo accesso di tosse. Mia madre insiste per fargli bere un sorso d'acqua. Una volta smesso, continua: «Le nostre fonti dicono che è un po' un diamante grezzo, ma siamo d'accordo che il fatto che venga da un'isola prospera la rende un'alleata utile.» Poi si rivolge a me. «L'influenza di Gabriel la metterebbe in riga.»

Niente riuscirebbe a mettere in riga quella donna. Inclino la testa, tenendo per me la mia opinione perché non mi dispiacerebbe avere intorno Polly per un po' se continuerà a indossare vestiti sexy. E il bikini.

Mio padre si rivolge a mia madre e dice, con la voce scherzosa: «Una volta avevi un accento piuttosto pesante.» Mia madre viene da un piccolo regno al largo delle coste dell'Australia. Ora, dopo aver lavorato con un insegnante di dizione, il suo accento è praticamente sparito. Al suo posto c'è un inglese corretto, con una leggera intonazione francese, simile all'accento di Villroy. Molti degli isolani provengono dalla Francia dato che Villroy è al largo delle coste francesi. L'inglese è la lingua ufficiale, anche se molti sono bilingue.

Mia madre scuote la testa guardando mio padre, come se l'accento di Polly fosse una causa persa, prima di rivolgersi a me. «Intendevo dire che Marguerite, la bionda piccolina, spicca, l'hai vista far cadere sul culo la testa rossa?»

Resto a bocca aperta. La regina non dice *culo*. La richiudo in fretta, perplesso, senza sapere come parlare a questa versione della regina.

«La rossa è Elizabeth» dice mio padre. Punta un dito nodoso verso lo schermo. Ha perso tanto peso. «Polly mi ricorda l'aggressiva moglie di mio fratello.» Ha la voce roca e beve un sorso d'acqua. «E il resto della loro maleducata tribù. Mio fratello si è messo in contatto?»

Drizzo le orecchie. Mio padre dev'essere in condizioni peggiori di quanto pensassi se sta chiedendo del fratello maggiore. Dopo tutto l'astio e il risentimento, dubito che lo sentiremo. Mio padre e suo fratello non si parlano da quando mio zio ha abdicato al trono per sposare una borghese, un'americana di Brooklyn, New York. A quel tempo era stato un enorme scandalo. Nessuno l'aveva mai fatto nella storia del regno. Mio padre era furioso di aver dovuto rinunciare al suo sogno di diventare un calciatore professionista. Era appena stato reclutato in una squadra francese, dopo essersi laureato. Da quanto ho sentito, mio padre stava facendo la bella vita mentre suo fratello faceva il suo dovere. Era stato un cambiamento brutale.

«Non ancora» mormora mia madre.

Mio zio era stato esiliato dopo aver sposato sua moglie. I miei cugini vengono spesso definiti gentaglia, nonostante siano per metà aristocratici. La loro famiglia non è benvenuta a Villroy e resta a Brooklyn. La mia sorella minore, Silvia, li aveva contattati mentre studiava all'università negli USA e aveva riferito che erano scontrosi. Sei fratelli. Forse avrebbero potuto essere meno scontrosi con la mia sorellina? Silvia ha un cuore talmente tenero che non le era importato. Sta ancora tentando di ricucire rapporti che non possono essere ricuciti. Probabilmente si è ammorbidita durante il periodo passato negli USA, specialmente dopo aver sposato un americano. Nel suo caso non era stato un problema che sposasse un borghese, dato che era la settima nella linea di successione al trono. Per il maggiore, me, è importante. Sono stato allevato per continuare la tradizione e lo farò. Mia moglie sarà una vera regina. Nel frattempo…

Riprendo a osservare il bel culetto di Polly mentre sta ripiegando la zattera. Perché sta rassettando la spiaggia, mentre dovrebbe pescare? Quando finisce si siede sulla zattera ripiegata, guardando le donne che sguazzano nell'acqua. I pesci probabilmente sono scappati tutti, spaventati.

Il Polly show è finito, quindi mi congedo.

I miei genitori se ne accorgono appena.

Anna

Sono seduta sulla zattera ripiegata e osservo lo spettacolo delle donne che lottano nell'acqua, con un misto di orrore e fascino quando entrano in gioco artigli e denti. Una urla quando le tirano i capelli. Si tirano tutte i capelli. Ci sono anche graffi, morsi, schiaffi e calci. È brutale. Qualcuno strappa una camicia e i bottoni volano in acqua.

«Qualcuno ha preso qualcosa?» chiedo durante una pausa dello show.

La principessa dai capelli rossi alza trionfante la sua rete, che contiene un pesciolino d'argento che si dibatte. Marguerite le strappa la rete dalle mani e gliene getta una vuota.

«Stronza!» strilla Testarossa.

Le due finiscono nell'acqua bassa, aggrovigliate. Spero che non anneghi nessuno, altrimenti dovrò fare la RCP. Ho ancora l'abilitazione della Croce Rossa, dal mio precedente lavoro come bagnina. La tengo aggiornata. Non si sa mai quando potrebbe essere utile.

Infilo il piede nella sabbia e sento qualcosa di duro, più grande di una conchiglia. Mi inginocchio e scavo un po'. Un tesoro! Estraggo una scatola che contiene la pompa, del tipo che si aziona con il piede. Il servitore aveva scaricato la zattera proprio sopra la pompa. Devono aver pensato che l'avremmo trovata mentre tentavamo di lavorare insieme per far funzionare questa faccenda della zattera. Aggancio il tubo nella valvola e comincio a pompare. «Ragazze! Ho trovato la pompa. Sarà più facile pescare se riusciamo a portare la zattera nell'insenatura. Scavate nella sabbia, magari ci sono anche delle pagaie.»

C'è una breve pausa nell'azione prima che le donne

tornino alla loro feroce, goffa battaglia per catturare qualche pesce.

Io continuo a pompare. È una pompa abbastanza efficiente e immette aria nella zattera più in fretta di quanto pensassi. Un'ora dopo, sono coperta di sudore, le gambe mi bruciano per tutto l'esercizio fatto pompando, ma la zattera è completamente gonfia. Sono troppo stanca per scavare nella sabbia e cercare le pagaie, ammesso che ci siano. Le donne sono sparpagliate, alcune stanno ancora cercando di pescare, altre sono semplicemente sedute nell'acqua bassa con le reti tese sperando che qualche pesciolino capiti dentro. Alcune delle principesse stanno galleggiando sul dorso oltre i frangenti.

Getto la mia rete e il cesto nella zattera e la tiro in acqua. «Saltate dentro. Scommetto che ci sono un mucchio di pesci nell'insenatura. Remeremo con le mani.» La tengo ferma mentre tutte si arrampicano, alcune lasciandosi andare sul fondo come pesci. La spingo avanti e salgo con loro. E funziona! Stiamo remando con le mani e andiamo nella direzione giusta.

Arriviamo all'insenatura, un punto riparato tra alcune scogliere rocciose. Riesco a vedere i pesci appena sotto la superficie. Bingo!

Le principesse devono essere stanche perché restano sedute, apatiche, con le reti in acqua. Anch'io sono stanca, dopo tutto quel pompare, ma devo mettermi alla pari. Il massimo che ha catturato una delle principesse sono tre pesci. Devo solo battere quel numero.

Mi chino, cercando un branco di pesci, sperando di raccoglierne un po' in una sola passata, quando qualcuno mi spinge in acqua. «Ahhh!»

Torno in superficie e mi tolgo la massa di riccioli dalla faccia. «Che diavolo? Dopo aver pompato la zattera per tutte voi? Chi mi ha spinto?»

Le donne mi fissano. Sembrano delle selvagge, un gruppo tetro e stracciato con i vestiti fradici, i capelli un disastro per l'acqua salata e tutto quello strappare. Nessuna confessa.

Entra in gioco ogni mio istinto di sopravvivenza. Mi

vogliono fuori dalla zattera? Allora pescherò restando in acqua, meglio di quanto possano fare loro. Mi appendo alla zattera con una mano e pesco più in fondo che posso, muovendo lentamente la rete attraverso l'acqua. *Venite pesciolini, nuotate un po' più vicino.*

Uno strappo mi avvisa che ho preso qualcosa. Tiro la rete verso la superficie. Porca miseria. È grosso e si sta dibattendo nella rete, tanto che riesco a malapena a tenerlo. Ha la bocca piena di denti aguzzi. Lo getto nella zattera, dove continua a dibattersi. Le principesse urlano, affrettandosi ad allontanarsi. E poi la metà di loro finisce in acqua, dopo essersi spostate un po' troppo verso il lato opposto della zattera.

Le donne ancora sulla zattera ridacchiano allegre. Non c'è niente come la concorrenza per tirar fuori il meglio dalle donne.

Sorrido tra me e me e torno a pescare. Prendo un pesciolino e lo lascio lì, come esca.

Quando una grande zattera a motore arriva a salvarci... mmm, cioè, a mettere fine alla gara, ho catturato quello grosso e quattro pesciolini. Risalgo sulla nostra zattera (molto più piccola) per riprendere il pesce grosso che vi avevo buttato prima, ma è sparito. Una veloce ispezione dei cesti delle altre mi dice che una di loro l'ha buttato fuori bordo.

Un membro dell'equipaggio ci aiuta a salire sulla zattera grande, insieme alle nostre reti e ai nostri cesti. La nostra zattera più piccola viene legata per essere rimorchiata. Gabriel e la regina non si vedono da nessuna parte. Ci depositano sulla riva, dove ci aspettano tre uomini, due guardie serie come la morte e il servitore che ci aveva consegnato la zattera.

Si avvicina il servitore. «Signore, per favore, appoggiate i vostri cesti davanti a voi.» ispeziona la fila, contando i pesci.

Marguerite, che non sa nuotare a ha passato metà del suo tempo a rubare il pesce alle altre, vince con cinque pesci e una testa di pesce, che non dovrebbe contare. L'avevo sottovalutata, con il suo aspetto angelico. Dovrò tenerla seriamente d'occhio, d'ora in poi.

Lei sorride timida, sempre angelica nonostante l'aspetto lacero, dopo un pomeriggio di sole, sabbia, acqua salata e la lotta con le altre.

Le perdenti sono due donne che hanno un solo pesce ciascuna. Vengono immediatamente portate via dalla sicurezza.

È una coincidenza che ci fossero due guardie per allontanare le due donne eliminate. O ci stavano osservando tutto il tempo?

Più tardi quella sera, dopo aver avuto la possibilità di lavarci e rinfrescarci, ci informano che raggiungeremo la regina e il principe ereditario per la cena nella sala da pranzo reale. Oh, ora sì che ci siamo! Finalmente sperimenterò la vita di corte. Il fatto che finora non ne abbia avuto nemmeno un assaggio (le principesse sono delle selvagge, la regina non mi approva e il principe ereditario non è un principe azzurro), non spegne le mie speranze per una cena regale. Sono una perenne ottimista, ma volete saperlo? Mi ha portato fin dove sono, e sono piuttosto contenta del punto in cui sono arrivata.

Indosso l'unico vestito che mi copre le spalle, bianco a pois neri, con la scollatura profonda e la gonna corta, stretto in vita da una catena dorata. A parte chiedere alla regina un guardaroba nuovo, non so che cosa potrei fare per integrarmi meglio. Immagino che potrei infilare un fazzoletto nella scollatura per coprirla, ma non è chi sono io. Io sono il tipo di donna "quello che vedete è quello che avrete". *Ma Polly, la principessa, non lo è.* Prendo in prestito lo scialle bianco pudico e lo sistemo in diagonale, come un lungo foulard. Scollatura e spalle coperte. Ora la domanda è, sandali beige o décolleté leopardate? Decido per i sandali.

L'elegante sala da pranzo non mi delude. Un lungo tavolo scuro lucente è apparecchiato con porcellane, argento, cristallo e un enorme centro tavola floreale. Vengo scortata in fretta da un servitore che mi offre un drink. Alcune delle principesse sono già sedute. Ci sono piccoli segnaposto. Posti assegnati. Controllo i nomi, cercando il mio. Francesca, Elizabeth, Sophia e Marguerite sono sedute più vicine alla regina e al principe, che sono a capotavola.

Percorro tutta la lunghezza del tavolo e trovo il mio segnaposto nel punto più lontano dalla coppia reale. Marguerite ha vinto la gara, quindi è logico che sia seduta più vicino alla regina. Probabilmente dovranno discutere della prossima sfida. Mi chiedo se non sia il caso di parlare del gioco scorretto di Marguerite con i pesci, ma decido che così all'inizio della competizione non ha poi tanta importanza. Sono ancora in gara e visto il rischio di mettermi contro Marguerite e irritare ancor di più la regina non mi sembra una cosa saggia da fare. Sono sicura che il resto dei posti sia stato assegnato a caso. Dopotutto, sono arrivata seconda e se i posti fossero stati assegnati in ordine, sarei seduta molto più vicino.

A questo punto conosco i nomi di tutte, dopo essere riuscita a farmeli dire durante il viaggio di ritorno sulla zattera. Sono brava con i nomi. È utile nel salone, per conquistare la clientela. Sono sicura che la vera Polly sarebbe contenta perché sto legando con loro. Anche se devo dire che non deve aver avuto molti contatti con la nobiltà internazionale perché nessuno delle principesse ha messo in dubbio che sia lei. Devono averla tenuta sottochiave. Adesso la sua pazza avventura in incognito sembra molto più logica. Prima avrei detto, come si fa a rinunciare a essere una principessa?

Nella sala cade il silenzio quando entra la regina, seguita dal principe. Si alzano tutti in piedi. I miei occhi sono attirati da Gabriel. È ancora troppo perfetto, troppo altezzoso e arrogante, ma non si può assolutamente discutere il fatto che sia favoloso. Ha un completo blu scuro, fatto su misura per il suo corpo muscoloso. Sto morendo dalla voglia di dare una bell'occhiata a quelle spalle che riempiono così bene la giacca, ma dubito che si farà vedere a torso nudo solo per il mio godimento personale. Decoro regale, e così via. La regina sembra contenta, ha un sorriso appena accennato sul viso mentre prende posto a capotavola. Indossa un abito a maniche lunghe giallo pallido. Gabriel ci fa segno di sederci e poi prende posto alla destra della madre.

«È bello rivedervi tutte» dice la regina. «Immagino che abbiate avuto un po' di tempo per rinfrescarvi dopo l'uscita di oggi?»

Le donne mormorano educatamente. Io sto morendo dalla voglia di chiedere qual è la prossima sfida perché sono stata vicina a vincere e questo significa che c'è ancora la possibilità che possa aiutare la povera Polly, ma i camerieri cominciano a servire la prima portata, quindi resto zitta.

Il cibo, più che altro pesce, è eccellente. Appena pescato, il migliore che abbia mai mangiato. La conversazione è sedata. Ma una volta finito il mio terzo bicchiere di vino mi sento proprio, *proprio* rilassata. Reprimo uno sbadiglio. Chi avrebbe detto che tutto quel lusso regale mi avrebbe fatto venir sonno? Mentre crescevo, a volte ancora affamata dopo un pasto scarso (sembrava non ci fosse mai abbastanza da mangiare in alcune delle case affidatarie), immaginavo che vivere in un palazzo reale sarebbe stato il paradiso. Immagino di essermi dovuta arrangiare da sola per così tanto tempo che essere servita e restare seduta passivamente risulti noioso. La mia fantasia sui nobili e la vita di corte è morta e non potrà più resuscitare. *Sospirone.*

Colgo lo sguardo di Gabriel. Qualcosa nel suo atteggiamento rigido mi fa venir voglia di farlo ridere, di fargli il solletico o sorprenderlo in qualche modo. La sua risata probabilmente avrebbe un suono arrugginito come se non ridesse da un decennio o più. Sono piuttosto sicura che i suoi denti siano consumati da tutto quel digrignare. Gli faccio l'occhiolino, giusto per vedere che cosa succede.

Le sue labbra fremono e il mio stomaco sfarfalla, aspettando il suo sorriso. La regina gli dice qualcosa e lui si volta. Sono delusa, in modo assolutamente ridicolo.

La regina si alza e tutte ci affrettiamo ad alzarci insieme a lei. Ci indica di sederci di nuovo. «Ho un annuncio. Marguerite ha scelto la prossima gara e sarà una caccia al tesoro sull'isola. Gli indizi sono legati alla natura e dovrete usare la vostra immaginazione per venirne a capo.» Sorride inaspettatamente. «Non è divertente?»

Le donne mormorano il loro assenso.

Divertente? Più che altro, follie per intrattenervi. Probabilmente ci guarda gareggiare dal suo regale antro segreto, come se fossimo il suo reality show privato.

La regina assume un tono drammatico, chiaramente divertita. «Vi ho promesso un tesoro più grande di quanto possiate sognare, e ora ve lo spiegherò. Il principe ereditario Gabriel è il vero premio. Accaparratevi questa preda regale ed erediterete la ricchezza del nostro regno. Purché, ovviamente, siate la più qualificata per essere la sua sposa dopo molto altro divertimento e compiti impegnativi.»

Lo stomaco mi precipita sotto i piedi. *Che ca...* Il tesoro più grande di quanto possiamo immaginare è legato a un matrimonio? Tutto in me grida *no!*

No, alla rinuncia alla mia vita a casa mia.

No, a quella rigida lagna di principe.

No, all'esistenza triste e crudele piena di doveri e niente divertimento. Grazie al cielo la mia fantasia reale è già finita in frantumi, altrimenti avrei potuto cascarci.

Tutti gli occhi puntano su Gabriel. La sua mandibola è di granito. La sua espressione è cupa e forse un po' rassegnata.

La regina si congeda e tutte si alzano, salutando educatamente.

Nell'attimo in cui la regina esce dalla stanza, le donne quasi fanno cadere le loro sedie nella fretta di avvicinarsi a Gabriel. Lui le sovrasta, fiero e regale. Anche così, la sua espressione è tormentata. Le donne gli sono addosso, una cacofonia di eccitazione stridula. *Cercatrici d'oro.*

Apro i pugni, sorpresa dalla fitta di gelosia. Non è che *io* abbia voglia di sposarlo. È rigido e altezzoso, parte di un mondo in cui non potrei mai integrarmi. Forse la vera Polly vorrebbe sposarlo? Non lo so. Lei assomiglia a me, è uno spirito libero e fiero, e Gabriel è l'opposto. È abbottonato, chiuso nel suo rigido ruolo e sospetto che gli piaccia, in qualche strambo modo. D'altro canto, il viscido individuo che i genitori di Polly insistono che sposi la vuole solo per i suoi legami con la famiglia reale. È un uomo d'affari di Beaumont, parecchio più anziano di lei, e Polly dice che l'uomo ha promesso ai suoi genitori che userà il pugno di ferro con lei. Sia per lei sia per me, è un serio segnale d'allarme.

Anche se dovessi vincere Gabriel, io non sono Polly, la verità verrebbe sicuramente a galla con un fidanzamento, e a quel punto sia Polly sia io saremmo fritte. Forse dovrei mollare. Sembra una situazione senza via d'uscita.

Ma poi Gabriel mi lancia un'occhiata disperata dall'altra parte della stanza, praticamente pregandomi di salvarlo dal drappello di principesse. Sembra quasi che abbia bisogno di me. Come se fosse un tipo regolare intrappolato in circostanze al di là del suo controllo. Proprio come Polly.

Uffa. Non posso essere il salvatore reale per tutti. Tira fuori gli attributi e scrollati di dosso le leziose donnette. Io devo capire cosa fare per Polly.

Mi volto e vado verso la porta. Giuro che sento gli occhi di Gabriel che mi seguono.

5

Anna

Dopo aver camminato avanti e indietro all'infinito nei corridoi del palazzo, esco, sperando che l'aria della notte mi schiarisca le idee. Mi tolgo i sandali appena arrivo nel cortile del palazzo, per sentire l'erba fresca tra le dita. Mi volto a guardare il palazzo alla luce della luna. È veramente uno spettacolo da favola, arenaria e tetti di rame, cinque piani, sei piani nelle due torri, parecchie guglie. Il cortile è fiancheggiato su entrambi i lati dalle due lunghe ali del palazzo. Mi volto e continuo a camminare, dirigendomi verso i curatissimi giardini. C'è pace qui, come se tutto fosse sotto controllo, dalle siepi di bosso in file diritte, agli alberi dalle sagome perfette, ai quattro lunghi terrazzamenti erbosi che conducono verso il mare.

Arrivo davanti a un'eccentrica fontana di marmo, illuminata da luci rosa e azzurre. Da vicino, vedo che ci sono pesci di rame che gettano l'acqua in archi scherzosi. Mi piace. Mi siedo sulla lunga panca di legno dall'altra parte della fontana, sotto un grande arco di rose rosa. Il rumore costante degli spruzzi d'acqua, il suono lontano delle onde e il profumo dei fiori si fondono insieme per calmarmi. Non so che cosa fare. Non so che strada prendere, andare avanti o arretrare?

Sbuffo. Non riesco a credere di essere stata attirata a Vill-roy, o meglio che Polly sia stata attirata a Villroy, con la promessa di una piccola eredità, solo per sentirmi dire che si trattava di "un tesoro più grande di quanto possiate sognare", salvo poi scoprire che il vero premio era Gabriel. L'espressione disperata nei suoi occhi, quando tutte quelle principesse gli si sono buttate addosso mi porta a chiedermi come si sente a essere il premio della gara. Personalmente detesterei essere trattata come un trofeo. Forse è il motivo per cui non ha sorriso una sola volta. Forse è depresso, furioso e si sente incastrato. Non posso fare a meno di vedere le similitudini tra lui e Polly.

Ora che la mia fantasia fiabesca sulla vita dei reali è stata infangata in permanenza, vedo che non c'è niente di differente in questa gente, eccetto le circostanze della loro nascita. E proprio io, essendo un'orfana, non posso esprimere giudizi basandomi su una cosa del genere, così completamente fuori dal controllo di chiunque.

Fisso la fontana per un momento, cercando una risposta. *Andare o restare?*

Tirerò una moneta. Prendo un quarto di dollaro dalla borsettina e mi avvicino alla luce della fontana, chiudo gli occhi pronta a tirarlo.

«Stai esprimendo un desiderio?» chiede una profonda voce maschile

Sobbalzo, emettendo uno squittio imbarazzante. Quando si parla del diavolo. «Che ci fai qui?»

Gabriel alza un sopracciglio e incrocia le braccia. «Io vivo qui.» Indossa ancora l'abito blu scuro e la giacca aderisce alle sue spalle muscolose e ai bicipiti. È imbarazzante quanto abbia voglia di vederlo a torso nudo. Le principesse vergini non ci pensano. Già, Polly è vergine. Nel suo regno all'antica è obbligatorio che una principessa sia vergine fino al matrimonio. Lei ha rispettato le regole non solo perché era sempre accompagnata da una chaperon e aveva una visione romantica del suo futuro sposo, ma anche perché il medico reale controlla prima della cerimonia. *Bleah.*

Lo guardo negli occhi. «Fai sempre una passeggiata di notte?»

«E tu?»

«Ho parecchie cose in mente. Una decisione difficile da prendere.»

«Parlamene, forse posso aiutarti.»

Lo fisso, sorpresa della sua offerta. «Grazie, ma devo venirne a capo da sola.»

Lui inclina la testa. «Se potessi esprimere un desiderio, quale sarebbe?»

Penso immediatamente a Mike, il mio padre affidatario e spiattello: «Trovare una cura per il cancro.»

C'è simpatia nei suoi occhi quando si avvicina, lasciando ricadere le braccia lungo i fianchi. «È qualcuno che ti è caro?»

Annuisco. «Mio padre.» Mike è ciò che abbia mai avuto di più simile a un padre. Gli hanno diagnosticato un tumore ai polmoni, in uno stadio avanzato, un anno prima di andare in pensione. Così ingiusto. «È troppo giovane per morire.»

Lui annuisce, serio. «È ingiusto. Sfortunatamente, sto vivendo anch'io una simile…» Stringe le labbra e guarda in lontananza, verso il mare.

«Puoi dirmelo. Non lo riferirò ad anima viva.»

Lui mi dà un'occhiata. «Non posso parlarne con gli estranei.»

Si siede sulla panchina, con i gomiti sulle ginocchia, la testa china. In questo momento non è un principe, è un uomo con un pesante fardello sulle spalle e un dolore che conosco bene, il dolore di una perdita imminente. Il senso di impotenza, dover guardare soffrire una persona cui vuoi bene.

Lo raggiungo sulla panchina. «Il cancro fa schifo.»

«Già.» Si raddrizza e guarda fisso davanti a sé, e dice, con la voce roca: «Ha solo cinquantaquattro anni.»

Il dolore sembra irradiare da lui e io mi avvicino, appoggiandomi contro il suo fianco, in un gesto di conforto. Lui non si ritrae. Restiamo semplicemente seduti lì, premuti braccio contro braccio, coscia contro coscia, con il calore che cresce tra di noi nella notte fresca.

«Si tratta di tuo padre?» Tiro a indovinare, basandomi sull'età.

Lui annuisce.

Non gli chiedo particolari. Probabilmente le norme di corte gli proibirebbero di dire ciò che ha già detto, ed è veramente ingiusto perché con chi potrebbe sfogarsi? Deve restare impassibile, superiore a tutto, ma è un tipo di dolore profondo, quando hai davanti a te la perdita di una persona cui vuoi bene. Ora capisco perché il re non è mai apparso durante questa competizione, mentre la regina è stata molto presente. Dev'essere urgente che Gabriel si sposi e continui la stirpe, da qui la strana natura di questa gara. Diventerà presto re.

Sono seduta accanto a una fontana, alla luce della luna, premuta contro il fianco di un futuro re e tutto ciò che vorrei fare è abbracciarlo. Sembra gentile e disponibile e così virile. Non perfetto, non rigido, nemmeno regale. Vulnerabile e in pena.

Quindi lo faccio. Mi volto, gli avvolgo le braccia intorno in un abbraccio laterale e stringo. Lui non mi abbraccia a sua volta, non può, in effetti, perché gli ho inchiodato le braccia lungo i fianchi.

Lo lascio andare e lo guardo.

Le sue labbra s'incurvano in un piccolo sorriso. «E questo per che cos'era?»

Io alzo una spalla. «Immagino di aver pensato che avevi bisogno di un abbraccio.»

Lui inarca un sopracciglio.

«Forse ne avevo bisogno anch'io» ammetto.

Lui mi studia per un momento. «Non riesco a ricordare l'ultima volta in cui mi hanno abbracciato. È semplicemente una cosa che non si fa nella mia famiglia. I membri della famiglia reale sono perlopiù intoccabili.»

«Da dove vengo io siamo più a favore degli abbracci.»

«Parlami del tuo regno.»

Mi innervosisco. E non solo perché la mia conoscenza del regno di Polly è limitata, ma anche perché non voglio mentirgli. Ehi, stiamo quasi legando. «Casa mia è un meraviglioso paradiso tropicale.» Almeno è così che è Tampa per me, un posto dove un giorno si avvererà il mio sogno di possedere il mio salone di bellezza. «È strano essere considerato il premio di questa competizione?»

«Non ritieni che io sia un premio?» Il suo tono è ironico.

«Mi stai chiedendo se sei sexy? Assolutamente. Se mi stai chiedendo se penso sia normale offrire un principe come premio per una competizione tipo *Survivor* tra principesse? Allora no.»

Lui ridacchia, un suono profondo e rombante che mi scalda il cuore. L'ho fatto ridere! «Non è stata una mia idea.»

«Allora perché la stai assecondando?»

Lui sbuffa e si alza. «Il dovere chiama e io devo rispondere. Esprimi quel desiderio, Polly. Spero che si avveri.»

E se ne va, silenziosamente com'era arrivato.

Io torno alla fontana, le volto le spalle, esprimo un desiderio e getto la moneta sopra la spalla. Atterra con un tonfo soddisfacente. Il mio desiderio è semplice quanto impossibile: vincere questa gara e ottenere un premio vero che mi permetta di salvare Polly.

Faccio il lungo percorso fino alla spiaggia e cammino sulla sabbia alla luce della luna, pensando come sarebbe romantico fare questa passeggiata con un innamorato. Strano pensiero per me. Non sono molto per le relazioni, troppo lavoro, troppe aspettative. E sinceramente non ne ho il tempo. Mi sono sempre concentrata sul lavoro, sul guadagnare denaro per comprare il mio salone e prendermi cura di Mike finché l'avrò con me. Gabriel e io abbiamo in comune il peso di perdere qualcuno a causa di una malattia.

Mi siedo sulla sabbia e guardo le onde tanto a lungo che mi sembra di essere in trance.

Mi rendo conto di colpo che c'è un unico modo per andare avanti. E ho bisogno di Gabriel perché funzioni.

~

Gabriel

Dopo la passeggiata nei giardini, torno al palazzo e cammino avanti e indietro nei piani superiori, inquieto e agitato per il futuro, come al solito. Finalmente sono abbastanza stanco da tornare nella mia suite. Congedo il valletto, che aspetta per portar via il vestito che indosso per farlo pulire, e gli dico che glielo consegnerò domani mattina. In questo momento ho solo bisogno di restare da solo. Mi tolgo la giacca e la getto sulla poltrona di pelle dallo schienale alto, in soggiorno.

La competizione mi sta già esaurendo. Ho fatto del mio meglio per intrattenere le ospiti dopo la cena. Eravamo andati in salotto, dove avevo sorseggiato lentamente un brandy, sforzandomi di partecipare alla conversazione, cosa non facile. Le restanti sette donne mi avevano praticamente reso catatonico con le loro chiacchiere insulse. Non avevo mancato di notare che Polly se n'era andata furtivamente dopo cena. Non le interessava abbastanza diventare mia moglie da passare del tempo con me quando ne aveva avuto l'opportunità, ed era stato un gesto estremamente scortese.

Eppure, molto tempo dopo, quando mi ero congedato dalle principesse chiacchierone ed ero andato a fare una passeggiata, mi ero sentito attratto da lei. Ed eccola lì, alla luce della luna accanto alla fontana, una visione di riccioli selvaggi e curve dolci. Sembrava appartenere a quel posto, come se dovesse far parte della fontana fantasiosa con le sue luci brillanti e allegre e i pesci giocherelloni.

Allento la cravatta, irritato con me stesso per essermi fissato su di lei. Non è la persona giusta per me, la regina ha già dichiarato che non è adatta e non posso dire di non essere d'accordo. Forse è perché è così diversa da chiunque abbia mai conosciuto e ciò la rende automaticamente più interessante. Forse è perché è bella. Forse è perché…

Mi ha abbracciato.

E mi è piaciuto. Sembrava le importasse veramente ciò che provavo, a un livello profondo. Sta perdendo anche lei qualcuno, capisce che cosa significa, il dolore di restargli vicino, impotenti, incapaci di fare qualcosa per aiutarlo. Mi ha confortato, e l'ho apprezzato. Non condivido questo fardello nemmeno con i miei fratelli e le sorelle minori. La maggior parte di loro, cinque dei sei, ha un appartamento nel palazzo, ma sono adulti e hanno accesso al jet privato, quindi vanno e vengono di frequente. Sanno che nostro padre è malato, ma non che è peggiorato. Il protettivo fratello maggiore che c'è in me li ha tenuti all'oscuro, lasciando che si godessero le loro vite spensierate, come desiderava mio padre. È probabilmente il motivo per cui i miei genitori non li hanno ancora convocati a casa. Mio padre rivede se stesso in loro, dato che sono i figli minori, e ha sempre dato loro molta libertà e ben poche responsabilità.

La mia mente torna all'arrivo di Polly a palazzo. Aveva detto che sono una lagna che non lascia mai il palazzo. Entrambe cose non vere. Viaggio quando ne ho voglia, normalmente camuffato. Non riesco a rilassarmi con la stampa che mi segue e documenta ogni mia mossa. Ci sono alcune donne che posso contattare per incontri privati. Hanno firmato un accordo di riservatezza e tengono per loro i particolari. Sono sotto l'aspro scrutinio della pubblica opinione da tutta la vita, e dopo un'indiscrezione (nemmeno troppo piccola) con troppo alcol e i miei pugni, sono rimasto il più possibile lontano dai riflettori.

Verrà abbastanza presto il mio momento per essere re. Anche i doveri che compio come principe ereditario sono tenuti riservati, solo per gli isolani, niente stampa. Banditi macchine fotografiche e telefoni. La regina disprezza lo squallore del sensazionalismo di Internet e dei social media. E non ha bisogno di guardare oltre mio fratello Phillip, il secondogenito. Ha un enorme seguito online come *royal hottie* e non si fa scrupolo a esporsi alla luce dei riflettori. Prima con la sua ragazza di lunga data, come coppia d'oro, e poi impazzando in Europa con l'élite. Mio padre dice che Phillip assomiglia a lui prima che si sistemasse. Una scheggia del diamante reale. Ah!

Slaccio i polsini della camicia prima di cominciare con i

bottoni davanti, di colpo esausto. Sono ancora giovane, trent'anni sono il fiore degli anni, e non dovrei sentirmi così prosciugato. Il peso del regno è sulle mie spalle, sì, ma ho sempre saputo che era il mio destino. Sono preparato come meglio non potrei. Sarebbe bello trovare una compagna, qualcuno che possa portare quel peso con me. Qualcuno che possa offrirmi conforto nei tempi difficili.

Come Polly.

Getto la camicia con la giacca, mi tolgo le scarpe con un calcio e attraverso la stanza da letto per andare in bagno e fare una lunga doccia bollente. Qualche minuto dopo mi sento molto più rilassato, mentre espongo la faccia allo spruzzo. Un'immagine di Polly mi lampeggia nella mente. Il bikini che fascia i suoi seni rotondi e sodi, la pelle liscia e abbronzata, lo stomaco piatto e i fianchi dolcemente arrotondati, gambe lunghe e quel sedere. Quel sedere perfetto e rotondo fatto per le mani di un uomo. Scuoto la testa, ordinandomi di non fissarmi su di lei. È una battaglia persa e ora sono di nuovo teso e anche eccitato. Sto pensando di occuparmi della situazione quando sento un rumore nella stanza da letto. Il mio valletto è tornato a prendere il vestito? Ho lasciato i pantaloni sul ripiano del bagno.

Digrigno i denti. Avrei dovuto chiudere la porta a chiave. Chiudo il rubinetto, prendo un asciugamano e me lo avvolgo intorno ai fianchi. Afferro i pantaloni e marcio verso la porta del bagno, cercando di reprimere la rabbia. Sta solo facendo il suo lavoro. Sporgo la testa. «Andrew, ecco i...» Smetto di parlare, momentaneamente ammutolito.

Polly dai riccioli selvaggi, dal sedere perfetto, è seduta sul mio letto con le gambe accavallate, e sembra perfettamente a suo agio. Indossa una corta vestaglia di satin rosso e scarpe décolleté leopardate. Sento la bocca asciutta. È nuda sotto quella vestaglia? È qui per ciò per cui spero sia qui?

«Ehi, bellezza» dice allegramente, facendo oscillare una gamba tornita. «Speravo proprio di vedere quelle spalle. Magnifiche, proprio come immaginavo. E l'acqua che luccica...» Agita le dita verso di me. «... e scorre in rivoletti lungo pettorali spettacolari, addominali da sogno e quel magnifico sentiero della felicità.» Mi sta mangiando con gli occhi. Incredibilmente impudente. Fissa il mio uccello che si sta rapidamente alzando sotto l'asciugamano. «Già.» Ha la voce roca.

Dovrei essere infuriato perché ha violato l'intimità delle mie stanze, ma, al contrario, sono incredibilmente eccitato. Do la colpa alla doccia. Al bikini. A lei.

Getto i pantaloni sul cassettone e mi avvicino a lei. «Come hai fatto a entrare?»

Lei alza una spalla con indifferenza. «La porta non era chiusa a chiave.»

«Come facevi a sapere qual era la mia stanza?»

Polly sorride, con i denti che lampeggiano bianchi contro le seducenti labbra rosse. «Ho tirato a indovinare. Ho finto di essermi persa e di cercare la mia stanza. Sapevo che non saresti stato nella stessa ala di tutte noi. E uno dei servitori mi ha detto che le stanze da letto erano al secondo e terzo piano. Quelli sopra sono per i servitori, la nursery e i magazzini.» Fa una smorfia. «Sei cresciuto in soffitta? È quasi peggiore dei posti più schifosi in cui sono finita. Cioè, tenuto conto che c'è tanto lusso intorno a te.»

Una principessa finita in posti schifosi? Il mio cervello con il suo sovraccarico di testosterone torna immediatamente alla cosa più importante: Polly è praticamente nuda, seduta sul mio letto, matura per il raccolto. Dovrei preoccuparmi che sia qui perché potrebbe avere in mente un qualche trucco, ma con quei grandi e luminosi occhi castani, il sorriso pronto, la pelle che sembra così morbida, le curve invitanti, sembra che niente abbia più importanza.

«Dovrei vestirmi?» O togliermi questo asciugamano?

Lei fissa il mio bicipite. «Solo se vuoi. Io mi sto godendo lo spettacolo.»

Mi siedo accanto a lei sul materasso, con la gamba abbastanza vicina da sfiorare il satin della sua vestaglia.

Lei mi guarda, e chiede, con la voce roca: «Forse ti stai chiedendo perché sono qui.»

«Non proprio.»

Lei sgrana gli occhi. «Una donna appare nel mezzo della notte nella tua privatissima stanza reale e non ti chiedi perché sia qui? E se avessi avuto un coltello? E se avessi pianificato un assassinio?»

Mi tremano le labbra. «Hai un coltello?»

«No.» Lei arriccia le labbra, sexy come il diavolo. «Ma non dovresti essere così fiducioso.»

«Mi hai già abbracciato.»

«Vero.»

Le fisso la bocca e lei apre le labbra sensuali, e la lingua rosa esce per un attimo a leccarle. Mi sento trapassare da una fitta di desiderio. Vuole che la baci. «Pensavo fosse piuttosto ovvio perché sei qui.»

Lei solleva una mano, l'avvicina al mio viso e poi la lascia cadere, borbottando tra sé riguardo a Polly. È un tipo strano, si sta riferendo a se stessa in terza persona. Chiedetemi se m'importa.

Le sposto i capelli sulla spalla. Sembrano elastici, come se potessi tirare un ricciolo e quello rimbalzerebbe indietro.

Lei si alza di colpo e mi affronta. «Ho alcune cose da dire.»

È una chiacchierona. Magnifico! Proprio ciò di cui avevo bisogno dopo ore di chiacchiere delle principesse.

«Continua.» Vado a prendere un paio di boxer di maglia dal cassetto. Se dobbiamo continuare a parlare, almeno posso togliermi l'asciugamano bagnato. Mi infilo le mutande da sotto l'asciugamano, lo tolgo, mi asciugo come meglio posso e l'appoggio sul cassettone. Non ha ancora detto una parola. Mi volto. «Perché non parli?»

I suoi occhi vagano per tutto il mio corpo come se non riuscisse a decidere dove guardare, ma non riuscisse a distogliere gli occhi. Mi fa piacere. «Lo spettacolo mi piace sempre di più» dice con enorme entusiasmo e la voce sospirosa. «Indossi sempre solo le mutande davanti a una donna sconosciuta che entra nella tua stanza privata, probabilmente per scopi nefasti?»

Mi ritrovo a sorridere, una rara risata che affiora come fossero bollicine. «Di solito non ci sono donne sconosciute che vagabondano nella mia stanza privata per scopi possibilmente nefasti, quindi non posso risponderti.»

Lei deglutisce e il movimento del suo lungo collo è ipnotico, poi solleva la testa e mi guarda negli occhi. «Oh, wow, *quelli* sono veramente occhi "da letto".» Abbassa gli occhi sui miei boxer che si stanno sollevando. «E boxer "da letto".»

Mi scappa una risata. Mi fa morire.

Ride anche lei. «Sto cercando di farti ridere da quanto sono arrivata. Forse non sei poi una tale lagna.»

Smetto di sorridere. «Forse?»

Lei fa una smorfia. «Mi dispiace di averlo detto. Ero un po' agitata perché indossavi uno smoking ed eri molto rigido, come ogni maggiordomo che abbia mai visto…» tossicchia, «…e, al contempo, eri così giovane e sexy.» Indica il mio corpo agitando una mano e non c'è modo che questa erezione sparisca quando lei continua a farmi i complimenti e a guardarla. «Devi essere stato di malumore in quel momento a causa della folle competizione che ti stavano scatenando addosso.»

«Per non parlare del matrimonio dei peluche.»

Polly ride e indica il letto accanto a lei. «Oh, questa è una storia che voglio proprio sentire.»

Mi siedo accanto a lei per raccontarle l'intera triste storia. Non è proprio un segreto. Quella pagliacciata di matrimonio apparirà molto presto sulle riviste *Luxury Weddings* e *Bride Specials. Grazie ancora, Phillip.* Lui era scomparso insieme agli sposi, lasciandomi da solo a trattare con i nostri genitori durante tutto questo folle periodo, oltre a un branco di aspiranti spose. Avrebbe perlomeno potuto creare qualche diversivo con i nostri genitori. Stronzo. Probabilmente si sta dando da fare in qualche elegante albergo a Parigi. Racconto a Polly dell'insistenza di Phillip per aprire il palazzo e la mia insistenza per preservare la nostra storia e la nostra tradizione.

Polly ha gli occhi sgranati quando finisco. «Torna indietro. Hai detto che c'era un coniglio viola gigante che saltellava tra le specie native australiane? Canguro, koala, vombato, dingo e un coniglio gigante viola?»

«Sì» dico seccamente. Lei avrebbe dovuto prendere le mie parti sul fatto di preservare la nostra storia. Invece si è fissata sull'abominio peloso.

Scoppia a ridere. «Classico! Mi piace!» Sta ridendo così forte che comincia a lacrimare.

Sento le labbra che si incurvano nonostante l'orrenda situazione pelosa perché Polly è così… divertente e aperta e affettuosa. Tutto ciò che non sono io. Di colpo mi sembra che lei sia qualcosa che manca nella mia vita, come se ne avessi bisogno. Che avessi bisogno di lei.

Polly si asciuga gli occhi e soffia. «Wow! Che storia. Ora capisco perché eri così teso quando ci siamo visti la prima volta. Momento difficile.» Riprende a ridacchiare. «Scusa. Sono sicura che sia stato un vero abominio…» Un'altra risatina. «… proprio come hai detto.»

«Non era poi così divertente.»

Lei accenna di sì con la testa, alza un dito, fa un respiro profondo. «Okay, adesso sono calma. Allora, il motivo per cui sono qui. Penso che possiamo aiutarci a vicenda.»

Abbasso la voce fino a un tono carezzevole. «Lo penso anch'io.»

Lei si alza in piedi e si sposta accanto al cassettone. Sento immediatamente la sua mancanza, la distanza tra di noi.

Lei alza una mano, come se cercasse di impedirmi di avvicinarmi, anche se non mi sono mosso. «Sono qui per aiutarti. Le altre principesse sono dei piranha e stanno tutte cercando di avere una fetta di te. Io sono molto più sottotono.»

«Tu, sottotono?» le chiedo incredulo, pensando ai suoi vestiti particolarmente vistosi e alle maniere sfacciate. Quella donna si è infilata nella mia stanza da letto, per l'amor del cielo!

Lei mi guarda torva. «Sì. E questo che cosa vorrebbe dire?»

«Niente. Continua.» Non riesco a ricordare quando sono stato così eccitato e divertito nello stesso momento.

Lei cammina avanti e indietro davanti al cassettone, si ferma e fissa il mio asciugamano bagnato appoggiato sopra. «Questo è un mobile antico» dice, prima di prendere l'asciugamano e andare in bagno. Torna senza asciugamano e dice: «Tu mi aiuti con la gara, che finirà presto e senza troppi intoppi. Non ti mangerò vivo. Sarò la solita Polly sottotono e ti permetterò di fare le tue cose regali.»

La mia mente si fissa sull'ultima parte. *Le mie cose regali.* Che strano modo di dirlo. Non è anche la sua roba regale? È come se non fosse stata correttamente educata nelle tradizioni di corte. Non mi meraviglia che sembri così poco raffinata. La sua gente con lei ha fallito. Comunque, conferma solo che non posso aiutarla a vincere la gara. Non sarebbe mai accettata come regina, mia madre non lo permetterebbe, e mio padre seguirebbe il suo esempio. E non sarebbe giusto per Polly. È totalmente impreparata per quel ruolo. La verità? Se potessi vivere liberamente, lei sarebbe esattamente il tipo di spirito libero e bello che vorrei. E la cosa più tristemente ironica è che non sapevo di volerlo finché non avevo conosciuto *lei*.

Ma non sono un uomo libero. Sono l'erede di un regno e se sono egoista e scelgo lei, aiutandola a vincere la gara, lei sarebbe infelice. Sarei un completo stronzo se lo permettessi, non solo tutti i doveri e le regole che ci si aspetta da una regina distruggerebbero il suo spirito, sarebbero anche una responsabilità pesantissima e un mucchio di duro lavoro. La mia regina dovrà aiutarmi a salvare il regno. Una principessa può godere di certe libertà. Polly non può diventare regina.

«Io non voglio sposarti» le dico gentilmente.

I suoi occhi castani lampeggiano, dandomi una scossa. «Perché no?»

Le dico solo una parte delle ragioni, cercando di risparmiare i suoi sentimenti. Non ha bisogno di sapere che la regina ha già dichiarato che è inadatta. «Non sei stata educata nel modo giusto.»

Lei si piazza le mani sui fianchi e getta indietro i capelli. È magnifica. «Sei scortese!»

Io mi alzo lentamente in tutta la mia statura e mi avvicino lentamente a lei.

Polly solleva la testa. «Bene. Ti darò in pasto alle belve, se è ciò che vuoi.»

Accorcio la distanza, facendola retrocedere contro la parete, intrappolandola, con le mani di piatto sul muro dietro a lei. Abbasso la testa per parlarle all'orecchio. «*Sono io* la belva e ti voglio.»

Lei rabbrividisce. «Sfrontato.»

Mi sposto, e ho le sue labbra a un millimetro dalle mie quando lei volta la testa e si abbassa, passando sotto il mio braccio.

«E no» dice. È decisamente troppo lontana.

«Perché no?» sbraito. Di solito ho più autocontrollo, ma il desiderio mi sta artigliando.

Lei sbuffa. «Perché non puoi avere tutto ciò che vuoi quando lo vuoi, *Altezza*.» Pronuncia l'ultima parola con puro disprezzo. Nessuno si è mai rivolto a me con quel tono. Eppure la desidero ancora.

Lei continua, agitando selvaggiamente le mani. «Prima che diventassi così scortese, avevo intenzione di chiederti di aiutarmi a vincere la gara e, in cambio, mi avresti dato un piccolo compenso per sparire discretamente.»

Sbatto le palpebre: «Vuoi che ti paghi per andartene?» *Non vuoi sposarmi?*

«Sì.»

«Perché?»

Lei guarda di lato prima di fissarmi nuovamente negli occhi. «Ho le mie ragioni.»

«Ho comunque bisogno di una moglie. Non ci sarà nessuna compensazione. Vincerà la candidata migliore.»

Lei guarda il soffitto, con i pugni stretti. Sembra che stia cercando di controllarsi. Mi lancia un'occhiata di fuoco. «E non t'interessa chi è?» *È gelosa?*

«Certo che m'importa, ma non è una cosa semplice. C'è un modo giusto per fare le cose. Devi capire come si aderisce alle tradizioni regali.»

Stringe le labbra finché formano una linea piatta. «Non capisco niente di come fate le cose qui. Mettere una princi-pessa contro l'altra? La cosa non ti piace più di quanto piaccia a me, quindi vediamo di lavorare insieme per mettervi fine.»

«Ci sono circostanze che non capisci, e mi dispiace, ma non posso darti altre spiegazioni.»

Lei alza le mani, irritata. «Bene! Ma non aspettarti che ti aiuti con le tue voglie. Sono vergine.» Distoglie lo sguardo, come se stesse mentendo. Nessuno con la sua sfacciata sensualità può essere senza esperienza. Una vergine avrebbe cercato la mia stanza? Inoltre, deve aver superato i vent'anni, ed è un bel po' per essere ancora vergine.

Mi avvicino. «Quanti anni hai?»

«Ventitré.» Arretra lentamente, virando verso i piedi del letto a baldacchino. «È la norma nel mio regno. Le principesse devono arrivare vergini al matrimonio.»

Se è vergine, allora non devo assolutamente toccarla. Dovrei accompagnarla alla porta, eliminare la tentazione.

«Polly.» Le catturo i polsi e li tengo dietro la colonnina di legno ai piedi del mio letto, invadendo il suo spazio. Sembra che non riesca a farne a meno. Respiro il suo profumo floreale e speziato e muoio dalla voglia di assaggiarla.

Il suo petto si alza e si abbassa rapidamente, con il seno che spunta al di sopra della scollatura della vestaglia. Lei alza il volto, fissandomi negli occhi con palese desiderio.

Io mi chino lentamente e lei tiene gli occhi aperti. Le sue pupille sono nere e grandi, e ci sono pagliuzze dorate nelle sue iridi. Bella. Abbassa le ciglia e io le sfioro appena le labbra con le mie, una, due volte. Le lascio andare i polsi e alzo la testa, dandole tutto il tempo per allontanarsi.

Lei emette un gemito di frustrazione, mi afferra la testa e mi bacia di nuovo. *Sì!* Le sue labbra sono cedevoli, morbide e sa di menta e di qualcosa di unicamente suo, piccante. Il mio mondo si restringe a questo bacio, quasi innocente nella sua deliziosa voluttuosità. Un lento, carnale invito a qualcosa di più. Le infilo la lingua in bocca e la sua scivola lungo la mia. Baci lenti, profondi, bagnati. Sto annegando nelle sensazioni, ubriaco della sua sensualità.

Polly solleva i fianchi, premendosi contro di me e il bacio diventa passionale, carnale, famelico. Infilo una gamba tra le sue, premendo, e la sua testa ricade all'indietro mentre lei geme.

Ogni terminazione nervosa prende vita mentre mi tuffo per avere di più della sua bocca deliziosa, con il sangue che mi ruggisce nelle orecchie. Più vicino, ho bisogno di starle più vicino. Premo la mia erezione contro la sua pancia morbida e il desiderio di prenderla diventa potente, un istinto primordiale che mi annebbia i pensieri. Non sono altro che puro, pulsante desiderio. La voglio più di quanto abbia mai voluto un'altra nella mia vita e la voglio adesso. Mi ferma una piccola, insistente preoccupazione sul suo stato virginale.

Interrompo il bacio e lei resta appoggiata alla colonnina, le labbra rosee, le guance arrossate. Così maledettamente sexy.

«Ti voglio.» La mia voce è roca di desiderio. «Resta per questa notte o vattene adesso.»

Ci fissiamo negli occhi, i nostri sguardi sono bollenti, intensi. Lei mi sta valutando e io sono sull'orlo di farmi travolgere dal desiderio. Passano i secondi e la tensione nell'aria è palpabile.

Lei mi respinge, mettendomi entrambe le mani sul petto. «Ed è il momento di uscire di scena.» Va velocemente verso la porta. Poi si ferma, si gira e dice dolcemente: «Buonanotte, Gabriel.»

Ha pronunciato il mio nome, non altezza. E l'ha detto con un accenno di dispiacere.

«Buonanotte, Polly. L'offerta resta valida per un'altra notte, se cambi idea. Non chiuderò la porta a chiave.»

Una porta che si chiude silenziosamente dietro di lei.

Cazzo. Magari è veramente vergine. Devo tenere le mani a posto. È di nuovo la doccia per me.

6

Anna

Sto bevendo il caffè in salotto, dopo un'enorme colazione, sperando che un'idea brillante riesca a farsi strada nel guazzabuglio che ho nel cervello. Le altre principesse stanno piluccando un po' di frutta, o non mangiando del tutto. La maggior parte di loro ha optato per il tè. Sono così delicate e raffinate. Deve essere stato orribile farsi soffocare ogni scintilla di vita da bambine. Mi sentirei quasi dispiaciuta per loro se non si comportassero così da stronze nei miei confronti. È il mio accento? È come se pensassero che sono la principessa più in basso sul totem. Forse Polly lo è. Non sono molto aggiornata sulla gerarchia reale.

Ho passato una notte inquieta, rivivendo quella meraviglia di Gabriel. Non ho mai visto un uomo così bello nella vita vera, muscoli dorati e luccicanti che mi facevano venire voglia di leccarlo dappertutto, per raccogliere fino all'ultima goccia d'acqua della sua doccia, o entrarci con lui. È così a suo agio nella sua pelle che era lì praticamente nudo davanti a me, completamente tranquillo. E quel bacio, mio Dio, nessuno mi ha mai baciato così prima d'ora. Come se volesse divorarmi, e la cosa era reciproca. È il tipo di passione che pensavo esistesse solo nei film. Mi sento scottare la faccia solo ripensandoci.

Allora, che cosa fare con ciò che ho? Il principe ereditario è attratto da me. Non vuole aiutarmi a vincere. O sposarmi. Non so perché, ma mi brucia. Cioè, una cosa è che io decida che veniamo da due mondi diversi, io so chi sono realmente, ma lui pensa che io sia una principessa. Come osa dire che non sono stata educata nel modo giusto! Solo perché mostro le spalle nude (orrore!) o perché sono entrata nella stanza da letto di un principe nel bel mezzo della notte? Beh, forse quello poteva dare un'impressione sbagliata. Ma ho corretto la rotta e gli ho detto di essere vergine.

Mmm… l'unica cosa cui riesco a pensare per portare a termine l'operazione *Salviamo Polly*, è vincere la caccia al tesoro. Forse il tesoro è qualcosa di valore, come un diamante, qualcosa che potrei impegnare per abbastanza soldi da pagare un avvocato di lusso. Non posso semplicemente lasciare una colombella indifesa come Polly intrappolata in una gabbia.

Si fa avanti Nolan, il vero maggiordomo (non il Jeeves che speravo, o Nigel o Edwin: un'altra fantasia andata in frantumi). Probabilmente è sui quarant'anni e ha una testa piena di capelli scuri con la riga di lato. Serio e dignitoso, ma non rigido. Almeno indossa un completo nero. «Per favore, andate nell'atrio. La regina vi saluterà lì.»

Bevo l'ultimo sorso di caffè mentre le principesse si congedano, andando verso la porta in una fila aggraziata. Portamento perfetto e buone maniere, tutte. Ah! Le ho viste in azione ieri. Non ci vorrà molto prima che si trasformino nuovamente in selvagge, specialmente ora che sanno che è Gabriel il premio finale. Mi si stringe lo stomaco e obbligo il mio cervello a tornare allo scopo per cui sono qui: accaparrarmi il tesoro, salvare Polly.

Raggiungo il gruppo nell'atrio di marmo. Stiamo aspettando la regina. Mi rivolgo a Elizabeth, la principessa dai capelli rossi. «Che cosa pensi sia il tesoro?»

Lei stringe le sue labbra rosa e fissa davanti a sé. «Non è educato parlare di denaro.»

«Pensi che si tratti di denaro?»

«No.»

«Gioielli?»

Lei scuote la testa e abbassa la voce. «Niente è ciò che sembra. Guarda più a fondo.»

Annuisco saggiamente. «Giusto.» Chiaramente sta cercando di aiutarmi. Che cosa ha visto che a me sfugge? Sono intrigata dall'intrigo regale. E anche irritata. Ho bisogno di risposte. Ho bisogno di sapere che non è una perdita di tempo. Forse dovrei tornare a casa e pregare Polly di chiedere aiuto alla sua famiglia, anche se lei non vuole che lo sappiano. Ma se poi la ripudiassero, come teme? Il fardello della sua potenziale detenzione mi pesa sulle spalle. È l'unica famiglia che ho, e io sono tutto ciò che ha lei al momento. *Forza, Polly, resisti.*

Poi arriva la regina, con al seguito gli stessi servitori che l'hanno aiutata per la gara di ieri. Mi viene in mente che una gara al giorno potrebbe ridurre drasticamente il numero delle principesse per la fine della settimana. Che cosa succederà all'ultima principessa rimasta nelle restanti due settimane? Una serie di prove regali? Regali visite coniugali per saggiare la compatibilità? Tante domande e non sono sicura di voler conoscere le risposte.

Le donne si zittiscono immediatamente e chinano la testa, abbassandosi in una riverenza. Faccio lo stesso, un secondo netto dopo. Eccomi qui, praticamente integrata, ed è solo il mio secondo giorno.

«Buongiorno» dice la regina tutta pimpante. «Oggi andrete al porto, dove vi aspettano le biciclette.»

Alcune delle principesse si scambiano occhiate preoccupate.

Marguerite parla per prima. «Maestà, pensavo avessimo parlato di cavalli ieri sera.»

La regina stringe gli occhi. «Sono io il giudice ultimo di questa competizione e questo significa che detto io le regole.»

Marguerite abbassa gli occhi. «Non so andare in bicicletta, Maestà.»

«Allora camminerai.» La regina squadra il resto di noi. «Qualcun'altra non sa andare in bicicletta?»

Si alzano lentamente le mani. Quattro. Povere principesse svantaggiate.

La regina indica un vecchio servitore lì vicino. «Albert vi insegnerà ad andare in bicicletta e poi partirete.»

Accidente, è crudele. *Sfigate.*

Le principesse non-cicliste sono silenziose e cupe, ma le altre tre stanno chiacchierando allegramente. La regina sembra non approvare il rumore.

Colgo l'occasione per fare la mia domanda mentre è irritata con le altre. «Maestà, che cos'è il tesoro?»

La regina arriccia le labbra come se avesse succhiato un limone. Immagino che fosse una domanda di troppo. «Lo scoprirà la vincitrice.»

«Può darmi un'indicazione del suo valore?» chiedo.

«Un altro commento rude da parte tua e sei fuori» sbotta la regina.

Le donne mi fissano, scioccate. A quanto pare è veramente proibito parlare di soldi, anche quando si sta facendo una caccia al tesoro. Ovviamente un tesoro deve avere un valore monetario, no?

La regina ci congeda nel suo altezzoso modo regale ma non riesce a nascondere il sorrisino che ha sulle labbra. Si sta godendo da matti questo gioco.

Noi otto principesse usciamo dal palazzo e andiamo sulla strada, dove ci aspettano tre Mercedes nere con i vetri oscurati. Io salgo con Francesca e Marguerite. Sono in mezzo, un sandwich di principesse.

Francesca è la principessa dai capelli scuri di un regno da qualche parte in Medio Oriente di cui non ho mai sentito parlare. È un tipo silenzioso, ma i suoi occhi scuri sono acuti e calcolatori. Io che pensavo che fosse Marguerite quella da tenere d'occhio, ma osservandole più da vicino, vedo che anche altre si possono considerare una seria concorrenza. Elizabeth aveva ragione, devo guardare più a fondo.

Mi colpisce un'idea improvvisa, riflettendo su questa

faccenda di guardare più a fondo. Merda. Non ditemi che il tesoro è simbolico. Scatenerò veramente un polverone se dovrò sottopormi a tutta questa faccenda della caccia al tesoro per qualcosa di profondo come "il tesoro era da sempre dentro di te" oppure "il tesoro è la natura stessa".

Mi rivolgo a Marguerite. «Pensavo che, visto che hai dato tu l'idea per la gara di oggi, ti avrebbero garantito l'immunità e avresti solo dovuto osservare.»

Lei scuote la testa. «La regina fa ciò che vuole. Scommetto che gli indizi non sono nemmeno tratti dalla natura, come avevo suggerito. Ha già sostituito le biciclette ai cavalli. Chissà se poi ci sarà veramente un tesoro?»

«Pensi che sia tutto falso?»

Francesca aggiunge il suo sommesso parere. «Tutto ciò che conta è chi vince.»

«Oh, stai zitta» sbotta Marguerite.

Francesca si volta e le rivolge un'occhiata micidiale e io di colpo desidero di non essere in mezzo a queste due. Ho visto queste donne in azione. Puntano al sangue e giocano sporco, niente colpi puliti.

Scende un silenzio di pietra e le due guardano fuori dai rispettivi finestrini.

Tiro un sospiro di sollievo. Qualche momento dopo, i miei pensieri tornano a Gabriel, come succede quando lo si è visto praticamente nudo con quelle magnifiche spalle, torace favoloso e il suo massiccio… rigonfiamento. Lo desidero, anche se non dovrei. Non è per niente una lagna. È un uomo incastrato in una difficile situazione e nonostante ciò fa il suo dovere. Un uomo d'onore. Maledizione. Non avrei dovuto dirgli che ero vergine perché un uomo d'onore non oltrepasserebbe mai quella soglia. Magari riesco a convincerlo a fare qualcos'altro. Oddio, sono terribile. Eccomi qui, con i miei pensieri libidinosi. Che importa se non faccio sesso da un anno? Non significa che devo uscire dal personaggio e farmi il principe ereditario. A meno che…

E se lo facessi? Mi farebbe espellere dalla competizione? Mi accompagnerebbe lui stesso alla porta?

Smettila! Sei qui per Polly, non per te stessa.

Ma potrei non avere più la possibilità di avere il suo spettacolare corpo sexy. E, ovviamente, potremmo parlare. Per me non è solo un corpo. Chiacchiere oscene e libidinose.

Esco di colpo dalla mia fantasia erotica quando l'auto si ferma. Non ero nemmeno ancora arrivata alle parti buone. Comunque abbiamo appena parcheggiato accanto al molo ed è un'altra perfetta giornata soleggiata di giugno sull'isola, con un mare turchese e cieli azzurri con piccole nuvole bianche vaporose. Il paradiso. *Non è Tampa, ma...*

Raggiungo le principesse dove ci aspetta una fila di biciclette da turismo. Sono carine, rosse, con un sellino largo e imbottito e un cestino davanti. Ne prendo una e poi devo aspettare mentre Albert cerca di insegnare a quattro principesse come andare in bicicletta. Albert è troppo vecchio e curvo per correre loro dietro tenendo il sellino mentre pedalano, come impara la maggior parte dei bambini. Invece, si limita a dare loro istruzioni e ad aspettare, speranzoso.

Pedalata, crash. E una principessa è andata.

Crash. Giù un'altra. Non è nemmeno arrivata a pedalare.

Le altre due principesse si tirano indietro.

«Dovete tentare, Altezze» insiste Albert. «Gli indizi sono sparsi in tutta l'isola. È troppo grande per percorrerla a piedi.» Quando nessuna di loro si muove, aggiunge. «La regina non sarà contenta se non seguirete le regole.»

Questo le fa muovere. Devo dirlo, ci provano veramente. Ginocchia sbucciate e tutto, perfino qualche colorita imprecazione. Ma dopo un'ora perfino io devo ammettere che non è possibile. E il povero Albert è rosso in viso per tutti gli ordini che ha sbraitato e ha i capelli che sparano da tutte le parti dopo averci passato le mani per la frustrazione.

Mi alzo da terra, dove sono seduta a gambe incrociate e faccio un po' di stretching. «Che ne dite se quelle di noi che sanno andare in bicicletta danno un passaggio alle altre? Potreste sedervi sul manubrio, oppure sul sellino se pedaliamo in piedi.»

Marguerite, una delle principesse non-cicliste mi indica. «Sì, facciamolo.»

Le tre principesse che sanno effettivamente andare in bicicletta rifiutano. Ogni principessa per sé da queste parti.

Alla fine, quattro di noi partono in bicicletta e le altre quattro, beh, corrono. Ed è un bello spettacolo per gli isolani che escono dai loro graziosi cottage per osservare le principesse che abbandonano ogni possibile decoro per correre nel più imbarazzante spettacolo di atletismo che abbia mai visto. Sembrano un branco di bambini di cinque anni mentre corrono a tutta velocità agitando le braccia. Se solo avessi il telefono con me. Questa roba è oro.

Gabriel

Se mio padre non fosse così malato e mia madre così stressata, non avrei mai accettato di partecipare a questo ridicolo gioco. Ma i miei genitori sono veramente contenti e sorridono per la prima volta da un anno, ed è l'unico motivo per cui sono in un angolo buio in una caverna dall'altra parte dell'isola ad aspettare la principessa, la vincitrice, che è riuscita a capire l'ultimo indizio. La mia unica consolazione è che i giochi finiranno presto. Mia madre non riesce a fare a meno della sua gara quotidiana. Lei e mio padre si stanno divertendo troppo. Ieri ha mandato a casa due principesse. Se continua così, con due che se ne vanno ogni giorno, ne resteranno due per il finesettimana. Mi innervosisce non sapere che cosa abbia in programma di fare per le due settimane successive. Potrebbe metterle una contro l'altra. Potrebbe metterle alla prova separatamente. Oppure, ed è la risposta più probabile, cui cerco di non pensare, è che voglia che escano con me, come nel reality *The Bachelor*. Sapendo che la scelta finale non dipenderà completamente da me, non vedo perché debba darmi tanto da fare per intrattenerle. Polly m'intratterrebbe solo essendo se stessa. *Smettila con la fissazione su Polly.* So che non potrà essere lei la regina, ma dopo quel bacio, diavolo, perfino prima, appena ho posato gli occhi su di lei, ne sono rimasto affascinato. Ho sognato la sua scarpa leopardata che mi colpiva la guancia al culmine della passione proprio la prima sera in cui è arrivata.

L'ho cercata online ieri sera. Viene da Beaumont, una catena di isole tropicali nei Caraibi con una fiorente industria del turismo. Le poco fotografie che esistono di lei la mostrano con cappellini con la veletta sul viso, per modestia, che sorride, i lunghi capelli ricci e scuri legati dietro. La monarchia di Beaumont è riuscita a mantenere una stretta aderenza alla tradizione ed è riverita dal suo popolo. Torno con la mente al rompicapo di Polly. Se viene da una buona famiglia tradizionale, perché sembra così differente dal classico modello di principessa reale? L'unica cosa cui posso pensare è che il tempo passato negli USA per la sua educazione le abbia dato un assaggio di una vita diversa e che, una volta tornata alla sua casa tradizionale, abbia avuto uno periodo di ribellione. Come spiegare diversamente i suoi abiti succinti e la completa mancanza di ritegno? Dice ciò che vuole, fa ciò che vuole. Sembra molto aperta e libera.

Riuscirebbe a cavarsela nel ruolo di regina? Oppure rappresenta proprio tutto ciò da cui lei sta cercando di fuggire?

Mi siedo su una roccia piatta. Questa dev'essere la caccia al tesoro più strana nella storia delle cacce al tesoro: una serie di sfide atletiche che portano ciascuna a un indizio prima di arrivare finalmente al tesoro. Mia madre ha completamente ignorato i banali suggerimenti di Marguerite di usare la natura come fonte degli indizi. Mio padre ha escogitato le sfide ed era praticamente euforico, da quanto ho sentito. In fondo è sempre rimasto un atleta. Sfortunatamente non è ciò per cui sono state educate queste principesse. Certo, potranno essere bravissime a cavallo, ma la bicicletta? Il lancio del peso? Fare un gol? E non so nemmeno cos'altro si è inventato. Ho smesso di guardare la TV a circuito chiuso quando Marguerite ha dato una ginocchiata nelle palle al portiere (povero William), ha afferrato la palla e l'ha gettata nella rete, apparentemente dimenticando che avrebbe dovuto calciarla. Dovrebbe essere espulsa per condotta antisportiva, ma il re e la regina la trovano troppo divertente per congedarla. Mio padre ha riso fino alle lacrime.

Polly è stata fantastica da guardare. Una volta resasi conto che c'era di mezzo lo sport, aveva messo i sandali con i tacchi alti nel cestino della bicicletta e aveva fatto il resto a piedi nudi. Aveva anche calciato veramente forte la palla, usando il fianco del piede. Era volata in porta superando William.

Mi hanno detto che tre di loro stanno lavorando sull'ultimo indizio, che le porterebbe ad arrampicarsi per arrivare a questa caverna, con una pila di blocchetti in equilibrio sulla testa. Le cose che si è inventato mio padre! Perlomeno la sua testa continua a funzionare, anche se il suo corpo lo sta tradendo.

Sono nascosto nell'ombra, adesso, in modo che non mi vedano finché non lo vorrò io. La telecamera è all'entrata della caverna e non riprende fin qui in fondo, quindi posso rilassarmi. Da ragazzo giocavo in questa caverna con i miei fratelli minori. Ci sono cenge e nascondigli, perfetti come circolo per dei ragazzi o, un po' più avanti negli anni, per avere un po' di intimità con le ragazze. Prima cioè che scendesse l'accetta degli accordi di riservatezza e l'obbligo di tenere coperti i gioielli reali. Ah, gli stupidi, spensierati giorni della giovinezza.

Appare di colpo mio fratello Phillip, che ha un anno meno di me, con un sorriso a trentadue denti. «Bene, bene» ridacchia, entrando nella caverna e sorridendo ancora più giulivo.

Prima che possa lanciarmi una frecciatina sulla mia attiva partecipazione a questi ridicoli giochi, mi avvicino e ringhio: «Dove sei stato?»

Ha portato una wedding planner folle nella nostra casa, ha lasciato che si scatenasse con un matrimonio pieno di gente con costumi da animali di peluche. E poi la wedding planner, che pretendeva di essere la discendente illegittima di un precedente re, lo stesso giorno aveva sabotato un altro matrimonio. Il palazzo era nel caos e Phillip era sparito proprio insieme alla wedding planner.

«Bello vedere anche te» dice. «Volevo mantenere un basso profilo dopo quella débâcle del matrimonio dei peluche e sapevo che eri incavolato per la wedding planner che avevo assunto. Sono andato a Montecarlo a trovare Adrian.»

Adrian, il più giovane dei nostri fratelli, è un giocatore d'azzardo professionista. Gli piace una bella partita di poker con la posta alta.

Mi infilo la mano tra i capelli. «Eri al corrente di questa competizione nuziale?»

Lui esita e ho la mia risposta.

«Cazzo, perché non mi hai avvertito?»

«Non potevo dirtelo. Eri già furioso per quella storia dei matrimoni. Pensavo che avresti avuto una cristi isterica per questa gara e non volevo che riversassi la tua rabbia su di me. Non è stata una *mia* idea.»

Scuoto la testa. Non ci azzuffiamo da anni. Io sono superiore. Quasi.

Phillip si volta per guardare l'entrata della caverna, ancora niente principesse, poi torna a osservarmi. «Allora… eccoci qui. Che cosa ti ha spinto ad accettare di partecipare?»

Raddrizzo la schiena. «È il mio dovere.»

«Il tuo dovere è nasconderti in una caverna?»

«Fottiti.» Non mi scaldo troppo perché sono realmente contento che sia tornato. Siamo molto vicini per età e siamo sempre stati molto uniti. E lui è una delle poche persone che non si lascia scoraggiare dalle mie maniere a volte brusche. Do la colpa ai miei antenati vichinghi. Dovrei essere impegnato a condurre i miei uomini in battaglia, o a conquistare nuovi mondi. Invece ho le mani e i piedi legati dalla civilizzata tradizione regale. Ci vuole una grande forza per fare il proprio dovere, pensare al bene della nazione, della famiglia prima che al proprio. E non vuol dire che sia facile.

Phillip sorride. «Ancora una cosa. I nostri genitori hanno convocato i nostri fratelli e le nostre sorelle. Teoricamente dovrebbero valutare le ultime due candidate durante il fine-settimana.»

Mi sento invadere dal gelo. Sono sicuro che siano stati convocati anche a causa della declinante salute di nostro padre. Sarà difficile e doloroso per tutti quelli coinvolti. Lo tengo per me.

«Meraviglioso.» Esce più come un ringhio che come una parola. «Dovrebbero tutti poter dire la loro quando si tratta della mia vita.»

Lui mi dà una pacca sulla spalla. «Fatti forza, fratello.»

Sento il sorriso nella sua voce, anche se è abbastanza saggio da non farmelo vedere sul viso. Resisto a fatica dal dargli uno schiaffo. «Fuori dalle palle.»

Phillip se ne va, ridacchiando tra sé e sé. Ritorno alla mia roccia piatta nell'ombra, a contemplare le umiliazioni nella mia vita.

Poco dopo, vedo arrivare Marguerite che cammina con cautela sulla sabbia instabile della duna. Non c'è nessun altro in vista. Uno dei tre blocchi che ha sulla testa cade, ma lei non si ritira come dovrebbe per aver fallito il compito, continua ad avanzare. Capisco che il vero test era questo. Impegnarsi completamente secondo le regole o ritirarsi. La regina di Villroy non deve mai fare niente a metà e deve seguire le regole prescritte dalle tradizioni reali. Marguerite decisamente adesso non può vincere, per divertente che sia.

Dopo Marguerite vedo arrivare una donna bionda e sono incredibilmente deluso di non vedere selvaggi riccioli scuri. Pensavo che Polly ce l'avrebbe fatta facilmente dato che è la più atletica. La donna bionda cade improvvisamente, storce una caviglia nella sabbia instabile e i blocchi si sparpagliano intorno a lei. Un momento dopo, lei si alza in piedi con cautela e si allontana zoppicando, ritirandosi.

Marguerite è quasi arrivata da me quando Polly arriva in cima alla duna. Io sono in piedi, e sto silenziosamente facendo il tifo per il mio cavallo nella corsa.

Qualche secondo dopo sono testa a testa, perché Polly è forte e determinata. Si fermano di colpo entrambe all'ingresso della caverna. Marguerite china la testa, lasciando cadere il resto dei blocchi. La sfida era di scalare la duna con i blocchi in equilibrio sulla testa, quindi adesso non sono più necessari.

Polly si toglie con cura i blocchi dalla testa e li posa a terra. «Questo è l'indizio finale, la caverna.»

Marguerite aggrotta le sopracciglia. «Il tesoro è nella caverna. Entra tu.»

«Quindi dai forfait?»

«Controlla solo se ci sono pipistrelli o serpenti. Poi possiamo entrare entrambe.»

Polly scuote la testa. «Se entro io per prima, il tesoro è mio.» È pragmatica, non è nemmeno risentita perché Marguerite la sta consegnando ai pericoli di una caverna sconosciuta. Come me. Ah!

Fissano entrambe la caverna. Io aspetto, esortando in silenzio Polly a prendere la testa. *Non c'è niente qui, eccetto noi belve affamate.*

Polly si rivolge a Marguerite. «Pensi che ci siano dei ragni lì dentro? Cioè, non mi interessano i pipistrelli. Dormono di giorno come piccoli, graziosi topolini vampiro. Ma i ragni?» Rabbrividisce.

«È stupido» dice Marguerite. «Vado io.» Fa un passo avanti e poi si volta a guardare Polly. «I serpenti qui sono velenosi?»

«Rilassati. Vado io. Se qualcuno dev'essere divorato da un anaconda gigante, quella sono io. Dopo tutto, sono la principessa più in basso sul palo del totem.»

Stringo i denti. Non dovrebbe parlare di sé in quel modo.

Marguerite sta ancora cercando di fare il suo interesse. «Porta fuori il tesoro e potrai tenerne la maggior parte.»

Notizia flash, signore, non potete avere solo la maggior parte di me.

Polly inclina la testa, riflettendo. «Se lo farò, sarò io la vincitrice. Tu arriverai al secondo posto.»

«A me sta bene. Non mi preoccupa. Ci sono ancora settimane di gare e sono arrivata prima ieri.» L'intera trattativa è sorprendentemente cordiale e pacata.

Sulla duna appare un'altra donna.

«Vai!» grida Marguerite, dando uno spintone a Polly.

Polly parte a razzo per entrare nella caverna.

Io mi faccio avanti, alla luce, e lei alza le mani, urlando a squarciagola.

«Rilassati, sono solo io» dico.

Lei mi schiaffeggia parecchie volte la spalla. «Mi hai spaventato a morte. Che cosa ci fai appostato nella caverna? Dov'è il tesoro?»

In qualche modo so che non finirà bene. Lei vuole veramente qualcosa di concreto per ripagare i suoi sforzi. Non so esattamente il perché, ma le concedo il beneficio del dubbio, e ammetto che potrebbe essere per un buon motivo. Temo di essermi quasi innamorato di lei. Un abbraccio, un bacio, e sono già spacciato. E tutto per causa sua e del suo spirito libero e ribelle.

Le prendo la mano. «Seguimi.»

Lei mi segue nell'interno buio della caverna e io la tiro vicina, abbracciandola. Sta tremando. L'ho veramente spaventata. «Mi dispiace di averti sorpreso.»

Lei mi mette una mano intorno alla vita e stringe forte, premendo la guancia contro il mio torace. Poi, quasi rendendosi conto di colpo che mi sta abbracciando, lascia cadere le braccia e alza la testa. «Va tutto bene. Indicami solo la direzione del tesoro.»

Io la stringo più forte, la sto abbracciando, o forse trattenendo, non lo so. Tutto ciò che so è che sarà furiosa quando saprà che cos'è il tesoro. Faccio l'unica cosa che mi viene in mente in una situazione del genere, con una donna sexy ed esuberante tra le braccia in una caverna buia: la bacio, con una mano sulla sua guancia, per tenerla ferma, il braccio intorno alla vita, per tenerla vicino. È un bacio appassionato, imperioso, che vuole distrarla e lei reagisce come se le avessi acceso un fuoco dentro. Le nostre lingue si danno battaglia mentre lei infila le dita tra i miei capelli e avvolge una gamba intorno alle mie. È il bacio più bollente della mia vita, appassionato e selvaggio. Sono duro come una roccia. Le afferro il sedere sodo, premendola contro il mio inguine.

«L'hai trovato?» chiede Marguerite dall'ingresso della caverna. «Sei ancora viva?»

Polly interrompe il bacio, respirando forte. «Cazzo» sussurra, imprecando. «Sei tu il tesoro, vero?»

La lascio andare e cerco di frenare la mia rabbia, parlando a bassa voce, in tono furioso. «Non è il caso di sembrare così delusa.»

Lei risponde con un tono altrettanto furioso. «Io ho bisogno di un tesoro *concreto*. Oro, gioielli, contanti.»

Resto di sasso, dubitando di lei per la prima volta. Sembra venale e so che il suo regno ha un'economia fiorente. «Perché ti serve?»

«Il mio regno.»

«Se la cavano già benissimo con il turismo.»

«Non è una nazione che sto aiutando. È una persona. Una persona veramente importante per il regno.»

E io sono nella stessa posizione, e subisco tutto per aiutare mio padre, il re, e portare un po' di gioia ai suoi ultimi giorni e tranquillità riguardo alla successione, Polly e io siamo fatti della stessa stoffa, dovere, onore, obblighi. Gli altri prima di noi stessi.

Polly mi appoggia le mani sulle spalle, si mette in punta di piedi e mi sussurra direttamente all'orecchio, con il seno premuto contro il mio petto e il braccio. La cosa non mi lascia indifferente. «Capisci perché la mia offerta ha un senso? Tu mi aiuti a vincere, mi paghi e sei libero di sposare la donna che sceglierai.»

Lei non vuole sposarmi e questo dovrebbe rendere tutto facile e chiaro, solo che non sono pronto a lasciarla andare. Le metto le mani intorno alla vita, allargando le dita per sentire più che posso di lei attraverso il tessuto. «Non sono mai stato libero di sposare una persona di mia scelta. Andiamo. Sarai dichiarata vincitrice.»

«Che cos'ho vinto?» mi chiede dolcemente. «Non ne ho ricavato nulla.»

Irritato dal suo mancato apprezzamento e da tutta questa assurda situazione che è la mia vita, l'afferro per una mano e la trascino fuori dalla caverna, alla luce del giorno. Ci sono tre principesse, che sgranano gli occhi quando mi vedono. «La vincitrice è Polly. Il tesoro sono io. Lei cenerà con me questa sera.»

«Congratulazioni» mormorano all'unisono, dandole occhiate gelose. Queste donne sarebbero state felici di avermi come tesoro.

Polly guarda in lontananza e riesco quasi a vedere le rotelline che le girano in testa. È determinata a inviare fondi a questa persona a casa. L'aiuterò, ma solo quando sarò pronto a dirle addio.

7

Anna

Ho vinto la seconda gara, ma è una vittoria vuota. Non sono più vicina ad aiutare la vera Polly di quando sono arrivata. La regina ha organizzato un tè in privato con me nel suo salotto, dove, dato che sono la vincitrice, si aspetta che nomini le due principesse da spedire fuori dall'isola. Non m'interessa. Tutto ciò che m'importa è poter dire la mia sulla prossima sfida, per fare in modo che il premio abbia un certo valore. Mi ritirerò quando arriveremo alle ultime due concorrenti. È ciò a cui si arriverà continuando con questo sistema di gare a eliminazione.

La mia cameriera, Anna, mi accompagna lungo una serie di tortuosi corridoi attraverso il palazzo (avrei bisogno di una cartina di questo posto) e mi scorta in una stanza sorprendentemente maschile. Rivestimenti di legno scuro, librerie alte fino al soffitto lungo una parete, divani di cuoio bordò con poltrone bergère in tinta. L'illuminazione è calda e tenue e arriva da alcune lampade sui tavolini. Mi volto verso Anna, curiosa di sapere se questo è il salotto del re, ma intravedo solo la sua schiena mentre esce dalla porta.

Torno a guardare la stanza accogliente. Ci sono perfino un camino e un piccolo bar in un angolo. C'è un profumo meraviglioso, come di carta, cuoio e ricche note legnose. Come un vino molto mascolino. Sorrido alla mia stessa battuta e vado verso la libreria. I libri sono veramente vecchi, alcuni sono rilegati in cuoio cucito a mano. Passo il dito lungo una costola.

«Quello è noioso» dice una profonda voce maschile, sorprendendomi.

Mi volto di colpo, con le guance che scottano. «Non ti ho sentito entrare.»

«Lo so» Gabriel viene verso di me, camminando spavaldo. «Troppo presa dalla storia dell'allevamento dei cavalli sull'isola per notarmi.»

Deglutisco. La stanza sembra improvvisamente senz'aria quando è di fronte a me. «Dov'è la regina?»

«Per favore, siediti.» Indica un lungo divano di pelle. «Brandy?»

«No, grazie.» Ho bisogno di essere perfettamente lucida, ma poi un'occhiata ai suoi occhi languidi e il mio cervello va in tilt, mentre il cuore comincia a battere come un tamburo. Fa: *sì, ti prego, sì, ti prego*. Fingo indifferenza, nonostante il film a luci rosse che sta girando a ciclo continuo nella mia testa da ieri sera. «Per favore, dimmi che non stai tentando di sedurmi.»

«Così sfrontata» borbotta Gabriel, voltando sui tacchi e andando verso il divano. «Non preoccuparti, Anna sarà discreta.»

Lo dice come se fosse una conclusione scontata che mi sedurrà. Cerco dentro di me la giusta indignazione morale ma no, niente. *Nada*. Invece, lo sto studiando dalla testa ai piedi. Si è cambiato, mettendosi una camicia button-down azzurra che aderisce alle spalle ampie, pantaloni grigi e scarpe di pelle nera. Io ho un top rosa e una gonna dritta bianca con i sandali beige. Mi sento malvestita. Come se avessi un grosso cartello che dice "plebea". Come abbiamo fatto ad arrivare a questo punto? Aristocratico contro plebea, stretti in uno scontro passionale. A me sembra una conclusione scontata, come se arrivare a questo punto fosse obbligatorio.

Mi ha cercato lui. Mi ha convocato in quello che dev'essere il suo salotto privato. Perché non la sua stanza da letto? Forse ho capito male? Forse vuole parlare e fare qualcosa per aiutarmi a vincere.

Ho il cervello troppo annebbiato dal desiderio per capirlo, quindi scelgo la via più facile. Lo svesto mentalmente. L'immagine è molto più vivida adesso che è proprio davanti a me. Peccato che lui venga da dove viene e io non sia chi pensa lui. Il mio stomaco fa una lenta capriola e distolgo lo sguardo, giocherellando con l'orlo della maglietta. Il senso di colpa mi travolge. Gli ho sempre mentito e continuo a farlo. Lui è stato buono con me, perfino tenero nel suo strano modo un po' brusco. Abbiamo condiviso alcuni momenti intimi, non solo fisici, un legame vero. Se scopre che non sono Polly sarà furioso per il mio tradimento. Rabbrividisco al pensiero di cosa potrebbe succedere a me o alla vera Polly, se è per quello. Esilio, prigione o peggio.

Vorrei non dover più recitare quella parte. Vorrei poter essere solo me stessa. Con lui cercherò di essere vera quanto posso senza tradire Polly.

«Polly.»

Mi volto al nome che è mio e non mio. Come sarebbe sentire il mio nome vero dalle sue labbra?

Da dov'è, accanto al divano, lui mi fa cenno con un dito di avvicinarmi.

Vado da lui senza nemmeno pensarci e lui aspetta che sia seduta prima di sedersi a sua volta accanto a me. Posso dire una cosa per gli aristocratici, hanno sicuramente buone maniere. C'è un po' di spazio tra noi due e una decisa tensione nell'aria.

Mi schiarisco la voce. «Allora che c'è?»

Lui allunga le braccia sullo schienale del divano, appoggiandosi all'indietro in una posa rilassata che non mi inganna nemmeno per un attimo. Si sta controllando attentamente. Un uomo d'onore che non intende toccare una vergine, mi dico. «Volevo parlarti della gara.»

Mi guardo attorno, cercando le telecamere. «Ci stanno filmando?»

«No.»

Mi rilasso un po' e lo guardo, speranzosa. Forse ha veramente intenzione di aiutarmi a vincere. Sarà difficile andarmene, sapendo che non lo vedrò più, ma almeno saprò di aver salvato Polly.

«Quali delle principesse pensi che dovrebbero andarsene? Sono in molte ad aver fallito la sfida di oggi.»

Non è ciò che speravo dicesse, ma sono sincera. «Io spedirei via tutte a calci, eccetto Marguerite e Francesca. Hanno carattere.»

Lui alza un sopracciglio, sardonico. «E ho bisogno che mia moglie abbia carattere?»

Mi raddrizzo. «Sì, assolutamente. Altrimenti tua moglie piangerà con la faccia sul cuscino, preoccupata che non l'ami.»

Lui sembra leggermente divertito e le sue labbra flirtano con un sorriso che di colpo vorrei tanto vedere. Toglie le braccia dallo schienale e si china verso di me. «E perché dovrebbe pensarlo?»

«Perché si vedrebbe benissimo il tuo disprezzo per la sua debolezza.»

Tira indietro di colpo la testa come se l'avessi sbalordito. Finalmente sembra riprendersi e mi informa freddamente. «Io mi sarei accontentato di un matrimonio combinato tramite i soliti canali reali, com'è sempre stato fatto.»

«È così triste. Non vuoi l'amore e la passione?»

La sua voce è roca, i suoi occhi verdeazzurro caldi mentre mi guardano. «Che ne sai dell'amore e della passione? Non sei vergine?»

Mi sento cadere lo stomaco. Questo gioco è pericoloso. Non sono io in queste circostanze. Non posso cedere a impulsi lussuriosi. È la vera Polly che dovrà soffrire le conseguenze delle mie azioni. Incrocio le braccia, attingendo alla mia spavalda belligeranza. «So di volerli.»

«Davvero?» mi chiede con la voce morbida come seta.

«È tutto qui quello di cui mi volevi parlare?» Non riesco proprio a parlargli di nuovo di un compenso, specialmente con il calore che ribolle tra di noi e che aspetta solo la più piccola delle scintille per esplodere. So che sarebbe follemente passionale tra di noi e so anche, dentro di me, che sarebbe sbagliato. Non importa quanto desideri che non sia vero. Non posso avere entrambe le cose, essere una principessa vergine (per salvarne una) e prendermi ciò che egoisticamente vorrei.

«Questa sera ceneremo nella mia suite» dice. Non è una domanda. È un uomo abituato a vedere esaudite immediatamente le sue richieste. È lo stramaledetto principe ereditario di Villroy. Un giorno sarà re.

Ignoro la sua richiesta perché non sarà il *mio* re. Un giorno, in futuro, lui sarà solo una fantasia per me, un piccolo doloroso ricordo, un desiderio che sarà rimasto insoddisfatto. «Che ne dici se la prossima gara fosse tutto o niente? Vivi o muori, ne resterà solo una. E poi lei potrà scegliere tra te o i diamanti.»

Gabriel stringe i denti talmente forte che temo si spezzi un molare. «Quindi io o l'equivalente in contanti? E quanto mi valuteresti?»

Io continuo, sfacciata, perfettamente conscia che è sul punto di buttarmi fuori. «Tu hai un valore altissimo. Milioni, miliardi, triliardi. Sei praticamente senza prezzo.»

«E se la vincitrice scegliesse i milioni, allora chi sarebbe la mia sposa?»

«La seconda arrivata?»

Lui mi rivolge un sorrido freddo. «Credo che nella prossima sfida ci saranno dei ragni.»

«Spaventerai tutte le donne con quelli.» Detesto sentire il tremolio nella mia voce. I ragni sono la mia unica strana fobia. E non so come, ma non penso che Francesca ne avrebbe paura. Che cosa avrebbe più valore per lei? Il principe ereditario o il vile denaro?

Gabriel si alza. «Solo quelle deboli.»

A quell'insulto balzo in piedi, mi giro e vado sdegnata verso la porta. L'orgoglio mi obbliga a voltarmi e a rimetterlo in riga. «Avere una fobia legittima non significa essere deboli. Controlla. Si chiama aracnofobia.»

Lui si avvicina a una velocità allarmante e mi guarda dall'alto. «La mia regina deve essere impavida, forte e aderire strettamente alle regole. È chiaro che quella non sei tu.»

Alzo il mento. «Non ho mai voluto essere la tua regina. Sono venuta qua per un'eredità. Perché non possiamo farla semplice e mettere premi veri?»

Lui mi rivolge un sorriso arrogante. «C'è chi direbbe che sono *io* il vero premio.»

«Sto cominciando a odiarti un po', ed è un peccato perché stavo facendo un bel sogno a occhi aperti con te come protagonista.»

Gabriel rialza gli angoli della bocca, quasi stesse per cedere a un vero sorriso. Il mio stomaco fa una capriola e di colpo non riesco a ricordare perché ero così furiosa, tanto da essere pronta a precipitarmi fuori dalla porta.

Nei suoi occhi brilla il buonumore «E sono nudo in questa fantasia?»

Chiudo la bocca, non voglio continuare a scavarmi la fossa. L'atmosfera è diventata incandescente. *Non puoi averlo.*

Gabriel mi passa leggermente le dita lungo il collo e io deglutisco. «La principessa vergine fantastica su di me.»

«Era una dichiarazione metaforica.»

Mi sta mangiando con gli occhi, abbassando lo sguardo sulle mie labbra, il collo, le spalle nude, per tornare agli occhi. È vicino ma non mi sta toccando, sento il calore che irradia da lui. «Ne sei sicura?»

Vuole baciarmi di nuovo e, oddio, lo voglio anch'io. Che cos'ha quest'uomo che mi manda in confusione? Di solito riesco a controllarmi molto meglio.

Continuo a blaterare. «Voglio dire, sì, eri nudo, ma penso veramente che sia perché ti ho visto in quel modo, sai con i boxer da letto, no, non solo da letto, probabilmente li indossi anche adesso.» Tossicchio, cercando con tutte le mie forze di non guardare in basso. «E la parte metaforica è che volevo segretamente che ti aprissi, come un modo per... conoscerti meglio.» Sono senza fiato davanti al calore del suo sguardo. «Per diventare amici.» Finisco in modo poco convincente. «Un'alleanza tra regni sarebbe molto…» Smetto di parlare; non la sto bevendo nemmeno io.

Desiderio o fuga, lottare o fuggire. Sono intrappolata, preda di istinti primordiali più potenti di quanto sia mai successo prima d'ora perché… Gabriel. Sembra essere conscio di ogni grammo di desiderio che cerco disperatamente di tenere a freno. Forse perché mi desidera anche lui.

Respiro profondamente e faccio l'ultimo tentativo, per il bene di Polly, prima di fare la cosa giusta e scappare. «Altezza, raccomando vivamente di evitare i ragni, a favore di una gara di atletica. Magari un triathlon.» Come se fossi in grado di finire un triathlon. Non so nemmeno che cosa sto dicendo.

Gabriel alza una mano e tira una ciocca dei miei capelli. «Elastici.» Mi accarezza i capelli, spingendoli dietro la spalla, passando leggermente le dita sulla mia pelle e procurandomi un brivido caldo. «Chiamami Gabriel.»

«Gabriel» mormoro. E poi finisco l'aria perché Gabriel Rourke mi sta baciando. I nostri corpi si scontrano. Siamo scatenati, ci consumiamo a vicenda, afferrandoci. Follia. Il mio mondo si mette a girare e mi aggrappo alle sue spalle: Gabriel, la mia unica ancora.

Lui interrompe il bacio lunghi minuti dopo quando stiamo entrambi respirando pesantemente, e si sposta, baciandomi ruvidamente lungo il collo, grattandomi con i denti. Sto bruciando.

«Sono vergine» mormoro, in un ultimo disperato tentativo di domare l'incendio.

Lui mi rivolge un sorriso ferino. «Allora lasciami fare quello che faccio normalmente con le vergini.» Mi prende in braccio e mi porta sul divano.

«Ti capita spesso di avere a che fare con le vergini?»

Lui non risponde, mi rimette semplicemente in piedi davanti al divano e mi bacia di nuovo fino a farmi restare senza fiato. Apre con fare esperto il gancio e la cerniera della gonna, che cade a terra. Mi morde delicatamente il labbro inferiore prima di accucciarsi ai miei piedi e aiutarmi a toglierla.

Alza lo sguardo, rapito dal mio perizoma leopardato. Che posso dire? I leopardi e io ci stiamo simpatici. Se fanno qualcosa con la stampa a macchie di leopardo, io la voglio.

«Audace per una principessa vergine» mormora Gabriel, mente mi toglie il perizoma. Alzo i piedi uno dopo l'altro per farmi togliere anche quello. Lui è ancora completamente vestito, e mi piace la direzione che stanno prendendo le cose.

«Nessuno vede il mio perizoma, eccetto la mia cameriera, e lei mi capisce.»

Non sono sicura che se la sia bevuta. Forse anche lui è completamente perso, come me, perché poi mi spinge sul divano, mi afferra per i fianchi e mi tira verso il bordo. S'inginocchia davanti a me, con le mani grandi che scivolano verso l'alto all'interno delle cosce, allargandomi le gambe.

Mi fissa negli occhi, ha un attimo di esitazione, la voce roca. «Posso baciarti?»

«Oddio, sì.»

E poi lui mi bacia piano lì, come a marcare il posto, e la principessa vince un premio. *Oddio, sì.* Lo afferro per i capelli e mugolo. Perfino una principessa vergine può gemere in una situazione del genere, mi dico per rassicurarmi.

E poi non c'è nient'altro che la sua bocca famelica che mi porta su, su verso altezze che non raggiungo da troppo tempo. Continua senza sosta e i miei gemiti diventano più forti e appassionati. Non riuscirei a frenarli nemmeno se volessi. E poi le sue dita si uniscono all'azione e io mi dibatto, vinta. Mi afferra stretto un fianco per bloccarmi. L'intensità aumenta di colpo e sono *andata*. Grido quando un orgasmo mostruoso mi attraversa, un'esplosione che mi lascia tremante. Gabriel mi bacia l'interno della coscia e poi lo mordicchia.

Rido, ubriaca ed euforica per quell'esplosione di piacere. Prendo il suo bel viso tra le mani e gli do un bacio sonoro. «Mio Dio, spacchi, Gabriel Rourke.»

Lui sorride ed è come uscisse il sole. Dovrebbe essere sempre così felice. Sto per restituirgli il favore quando mi viene in mente che la vera Polly non saprebbe come fare un pompino e che potrebbe costarle critiche severe. La sua monarchia è vecchia maniera.

«Mostrami come fare a soddisfare te» dico invece.

Lui geme e mi rimette il perizoma. «Ci arriveremo.»

«Sono pronta e voglio farlo, Gabriel» aggiungo il suo nome perché so che gli piace. Non credo che siano in molti a chiamarlo con il nome di battesimo. Ho sentito un mucchio di *Altezza*, e *Sir* qua in giro. «E non so per quanto tempo resterò ancora qui. Per favore, lascia che ti restituisca il favore.»

Lui mi guarda negli occhi per un momento, scuote la testa e poi mi tira su la gonna. Mi alzo e la sollevo sui fianchi. Lui mi fa voltare e chiude la cerniera e il gancio.

«No?» Sono sorprendentemente delusa.

Poi mi appoggia le mani sul sedere, dando una strizzata. «Ti ho già compromesso abbastanza. Teniamolo per noi, okay?»

Mi volta verso di sé e mi bacia, brusco. Sento il mio stesso sapore ed è così erotico che tento di arrampicarmi su di lui, che si tira indietro prima che riesca a fare presa.

Poi guardo la sua schiena mentre se ne va, senza salutare dopo tutto ciò che abbiamo condiviso.

«Ci vediamo al triathlon» gli dico.

«Tarantole al traguardo» mi risponde e poi sparisce.

Rabbrividisco. Non ci sono tarantole in quest'isola, vero?

8

Anna

Ricordo, un po' in ritardo che Gabriel mi ha invitato a cena nella sua stanza e nel tardo pomeriggio sono nervosissima come se fosse un vero appuntamento o qualcosa di simile. Sto immaginando una cena a lume di candela, conversazione intima mentre Gabriel finalmente lascia da parte il fardello di essere il principe ereditario, si rilassa, ed è solo se stesso. Almeno presumo che nell'intimità della sua suite sarebbe se stesso. Sicuramente sembrava diverso la notte scorsa, quando sono entrata nella sua stanza con il mio piano di salvare sia lui sia Polly. Ed era stato divinamente peccaminoso nel suo salotto privato.

Sono davanti all'armadio per scegliere l'abbigliamento perfetto dal mio magro guardaroba che sia sexy ma appropriato, quando sento bussare alla porta.

«Avanti» dico, voltandomi.

Entra Anna e mi rivolge una frettolosa riverenza. «Altezza, il principe si scusa, ma non sarà in grado di incontrarsi con lei a cena stasera.»

La mia bolla di felicità scoppia, mi cadono le spalle e sento improvvisamente pesanti le gambe e le braccia. «Oh.» Tiro indietro le spalle. «Ha detto perché?»

«No, signora.»

Faccio un cenno con la testa. Sento come se una grande mano mi stesse schiacciando il petto. Mi dico che non dovrei sentirmi ferita o delusa. Stavo vivendo in un mondo di sogno, pensando che io, Anna Hebert, avrei avuto un appuntamento con Gabriel, il principe ereditario. Chiudo l'anta dell'armadio. Adesso non ho più bisogno dell'abbigliamento perfetto.

Anna parla di nuovo, con la voce piena di comprensione. «Ho sentito che è partito. Probabilmente doveva partecipare a qualcosa.»

Non è a Villroy? Mi si riempiono gli occhi di lacrime, e ordino loro di piantarla. Non sono mai stata una piagnucolona. «Ha detto quando sarebbe tornato?»

«No, signora.»

Torno a guardarla e le rivolgo un sorriso spento. «Grazie Anna.»

Lei abbassa la testa, fa una riverenza ed esce in fretta.

Io vado verso il letto e mi lascio cadere. Non dovrei essere così sconvolta. Solo che… e se non dovessi vederlo più? Se non potessi dirgli addio o ringraziarlo per la sua generosità, per avermi regalato un orgasmo spettacolare, senza chiedermi niente in cambio. Oh, merda. E se fosse quello il motivo per cui se n'è andato? Stava cercando di frenarsi per non togliere la verginità a Polly. Forse è con un'altra donna in questo momento, per placare le sue voglie insoddisfatte. Sento lo stomaco fare una lenta piroetta. Non ho il diritto di essere gelosa, non ho nessun diritto nei confronti di Gabriel, eppure tutto in me si ribella al pensiero di lui con un'altra donna.

E poi capisco. La verità terribile e incredibilmente stupida: mi sto innamorando di lui.

La colpa è interamente delle sue magnifiche spalle. Con il suo aspetto mozzafiato e quella tenerezza un po' rude, qualunque donna si innamorerebbe. E la cosa peggiore è che so che è impossibile. Anche se mi perdonasse per avergli mentito su chi sono, e non è detto che sia una certezza, ha bisogno di sposare una nobile. Altrimenti perché ci sarebbe questa competizione tra principesse? Io sono ciò che di più lontano possa esistere dalla nobiltà, un'orfana americana, e non potrei mai corrispondere al tradizionale profilo regale. La mia lontana parentela con Polly, cugine di sesto grado, unite da un antenato in comune otto generazioni fa, non conta nulla dal punto di vista regale. Polly è stata chiara al riguardo. Rimango una plebea.

Mi siedo e getto le gambe fuori dal letto. Basta autocommiserazione. Sono venuta qua con uno scopo preciso. È su quello che mi devo concentrare. Resterò qui finché vincerò qualcosa di valore poi prenderò i soldi e scapperò. Devo salvare Polly. È tutto ciò che conta.

Ma, e se la gara fosse sospesa mentre Gabriel è via?

Ho dormito malissimo e mi trascino nel salone per fare colazione. Dovrei essere felice perché questa mattina Anna mi ha informato che la regina si unirà a noi per la colazione per darci ulteriori istruzioni, e questo significa che la gara continuerà. O potrebbe voler dire che la regina sceglierà una sposa durante l'assenza di Gabriel e butterà fuori il resto di noi. Non so che cosa significhi. Sono irritata, stanca e ho voglia di prendere a pugni qualcuno.

Prendo una tazza di caffè, spalmo il burro su un toast e mi lascio cadere su una sedia. È il terzo giorno e siamo rimaste in sei. Le due principesse con la spina dorsale, Marguerite e Francesca, che avevo suggerito fossero le spose ideali per Gabriel, sono ancora qui. Sono follemente gelosa di entrambe. Se la gara continuerà so già che sarà una di loro a vincere il premio finale. Una di loro avrà ciò che io non potrò mai avere.

La gara di oggi, se ci sarà, sarà l'ultima per me. Ho fatto del mio meglio, veramente, ma non posso restare qui quando tutto in questo posto mi ricorda *lui*.

Mi sforzo di mangiare il toast e bere il caffè, a testa bassa, rimuginando in silenzio mentre le principesse conversano educatamente tra di loro, mormorando. Una volta finito, alzo la testa, e un'occhiata alle belle principesse sedute intorno al tavolo a sorseggiare il tè mi fa pensare a Polly, e mi sento in colpa.

Lascio andare bruscamente il fiato. È colpa di Gabriel. Se non fosse una tentazione così irresistibile, non mi troverei in questo terribile impiccio. Accidenti a te, Gabriel Rourke! Giuro che se ti rivedo, ti strapperò...

«Gabriel!» Balzo fuori dalla sedia, sorpresa.

Sta camminando dietro la regina, ma io riesco solo a concentrarmi su di lui. I suoi penetranti occhi verdeazzurro mi fissano per un intenso momento prima che continui verso capotavola.

La regina ha di nuovo la faccia come se avesse succhiato un limone. Le principesse si alzano e mi danno occhiate di sottecchi come se avessi fatto di nuovo una cosa sbagliata. È stato chiamare Gabriel con il suo nome e non Altezza? Oppure è qualcosa che ha a che fare con la regina. Merda. Mi sono dimenticata di chinare la testa e fare la riverenza alla regina.

In ritardo, chino la testa e faccio la riverenza. «Buongiorno, Maestà.»

Lei non dice niente, si limita a sedersi a capotavola. La imitiamo, eccetto Gabriel, che resta in piedi.

La regina alza una mano. «Per rendere le cose interessanti e ricordarvi del vero premio, oggi una di voi vincerà una collana di diamanti degna di una regina.»

Evito per un soffio di fischiare. *Sì!* Colgo lo sguardo di Gabriel. Un lato della sua bocca si alza in un sorrisino che mi scalda fino alla punta dei piedi. Forse non è stato con un'altra donna ieri notte. Forse aveva qualche serata di beneficenza o un altro compito ufficiale da svolgere. Forse stava tentando di tenere a freno la tentazione nei confronti della vergine Polly mentre si organizzava in modo che il premio di oggi fosse quello giusto per aiutarmi. Forse mi aiuterà anche a vincere. Sento la tensione che si allenta e sono quasi stordita. Forse sono mezza innamorata di lui, cosa stupida e sbagliata, ma non posso farne a meno quando fa cose meravigliose come questa.

La regina continua. «Per vincere, ciascuna di voi dovrà risolvere un diverso rompicapo. Alla prima che risolverà correttamente il suo verrà rivelato dove si trova il premio.»

«Un rompicapo, Maestà?»

Le sue labbra assumono una piega di disapprovazione. «Avrete la risposta a tempo debito.» Fa un cenno ai servitori che aspettano lì vicino, che sparecchiano in fretta la tavola.

Guardiamo tutte mentre un altro servitore viene avanti con un grande cesto aperto e mette carta, matita e bloc notes davanti a ogni principessa. Mi sento sprofondare il cuore. Non è un puzzle. Io faccio schifo quando si tratta di enigmi. Al mio cervello non piacciono proprio, gli piace essere soddisfatto con domande e risposte che affondano nella realtà.

«Vi lascio continuare» dice la regina e si alza. Si alzano immediatamente tutte, chinando la testa e facendo la riverenza. Se ne va e Gabriel la segue, rivolgendomi un'occhiata comprensiva prima di uscire. Non promette bene.

Mi siedo di nuovo. Il titolo del mio foglio è "Influenza delle preferenze nazionali nel commercio". Mi sento cadere del tutto lo stomaco quando leggo le istruzioni. È un problema che riguarda il conflitto tra la teoria e la pratica economica. Ehi gente! Non si studia teoria economica avanzata nella scuola per estetisti. Do un'occhiata al rompicapo di Elizabeth alla mia destra. Il suo dice "Enigma di Backus-Smith". Decisamente questa è stata una delle idee contorte della regina. Gabriel avrebbe scelto qualcosa di facile, penso, qualcosa che avrebbe potuto darmi un vantaggio e aiutarmi a vincere. Inoltre, sembrava che fosse dispiaciuto per me perché dovevo risolvere un problema di economia.

Sono fottuta. Completamente. Sfoglio il bloc notes, nel caso in cui Gabriel mi abbia lasciato un indizio nascosto. Niente. Mi guardo intorno e vedo le fronti aggrottate delle altre principesse, sperando che l'economia non fosse inclusa nella loro educazione.

Ci lasciano da sole a risolvere i nostri rompicapi con solo un servitore a controllarci, Albert, il tizio anziano che aveva tentato, senza successo, di insegnare alle principesse ad andare in bicicletta. Le donne sono silenziose e l'unico suono che si sente è quello delle matite sui fogli. La mia matita resta sul tavolo perché non so nemmeno da dove cominciare.

Passa parecchio tempo. Non so quanto, ma ho il sedere che mi fa male per essere rimasta seduta così a lungo sulla dura sedia di legno e sto avendo dei flashback, tipo sindrome da stress post-traumatico, dei miei tempi alle superiori, le mani gelide e sudate, i nervi a fior di pelle, sapendo che avrò una bella insufficienza scritta in grande sulla mia pagina vuota. La parte peggiore è che non solo ho fallito io oggi, ma che il mio fallimento ricadrà su Polly. Questo era il tipo di premio che avrebbe reso possibile che restasse libera.

Di colpo, Francesca si alza e consegna il suo rompicapo ad Albert. Lui le consegna un foglietto che lei legge per poi correre immediatamente fuori dalla stanza.

Io mi affretto a seguirla e lo fanno anche tutte le altre. La regina se l'aspettava certamente. C'è un premio e Francesca ci sta conducendo direttamente lì.

Francesca si volta a guardare il branco di principesse alle sue spalle e accelera, precipitandosi lungo un corridoio che porta al cortile. Adesso stiamo correndo tutte. Lei oltrepassa i giardini curati e continua a correre verso una piccola area giochi per bambini, con una sabbiera. Si mette in ginocchio e comincia a scavare con le mani, a dimostrazione di quanto voglia quella collana di diamanti. La dignitosa, composta principessa Francesca sta scavando nella sabbia. Beh, indovinate. Io la voglio di più.

Mi unisco a lei, scavando intorno, cercando di trovare una scatola. Di colpo, siamo tutte e sei pigiate nella sabbiera, in una frenesia di scavi. La sabbia vola dappertutto, e tutte sgomitano per avere spazio. Siamo concorrenti selvagge, primitive, che cercano disperatamente di trovare il premio. Qualcuno mi colpisce forte su una spalla, ma io continuo a cercare.

Con la coda dell'occhio vedo Elizabeth che solleva una scatola di legno. Ci voltiamo all'unisono, come una macchina da guerra ben oliata, tutte con gli occhi fissi sulla scatola. Mi tuffo per prenderla quasi contemporaneamente alle altre donne, in un groviglio di braccia e gambe mentre lottiamo per prenderne possesso. Elizabeth sta perdendo la presa, ha solo una mano sulla scatola adesso. Prima che io riesca ad afferrarla, Francesca le tira il braccio così forte che Elizabeth lascia andare la scatola ed emette un urlo disumano, come se la stessero uccidendo.

Ci blocchiamo tutte per un momento. Il braccio di Elizabeth sembra fuori posto, pende con una strana angolazione. Di colpo, lei sviene per il dolore.

«Aiuto!» grido, saltando fuori dalla sabbiera. «Ci serve un medico!» Non sono sicura se il suo braccio sia rotto o slogato. Probabilmente è meglio che sia svenuta, visto il dolore che deve provare.

Da dietro i cespugli appare Albert. «Ci penso io.» Prende il telefono dalla tasca, chiede che mandino urgentemente degli aiuti e poi va da Elizabeth.

Francesca è uscita dalla sabbiera, con la scatola in mano, ma Marguerite le è addosso, e cerca di afferrare la scatola saltandole sulle spalle. Le altre principesse sono accanto a Elizabeth, la fissano e sussurrano.

Elizabeth ha tutto l'aiuto di cui ha bisogno, quindi non perdo tempo e corro davanti a Francesca per sgraffignare la scatola. È forte e si difende bene, ma Marguerite la sta tenendo e la scatola è mia. Sì!

Corro indietro attraverso i giardini, nel corridoio del palazzo e direttamente di sopra, al sicuro in camera mia. Chiudo la porta e la sbarro ficcando una sedia sotto la maniglia.

Finalmente, continuando a respirare forte, con il cuore che sembra un tamburo, apro la scatola. Oh mio Dio. È bella. Una collana di diamanti scintillanti con un grande pendente al centro. Dovrebbe stare in un museo. Il pendente da solo sarebbe sufficiente ad aiutare Polly. Sollevo la collana con le mani tremanti e me la metto al collo. Abbasso gli occhi, è splendida, poi vado davanti allo specchio della toletta per ammirarla ancora, immaginando solo per un momento di essere una vera principessa e che stia per partecipare a un ballo reale.

Sento scuotere la maniglia e mi spavento. Qualcuno bussa forte alla porta. «Sicurezza» sbraita una voce maschile. «Apra la porta.»

Il cuore mi balza in gola. La sicurezza sta per accusarmi di aver rubato la collana. Era tutta una messinscena per mettermi in prigione e buttare via la chiave. La vendetta della regina per la mia impertinenza.

«Arrivo subito!» Mi tolgo in fretta la collana e la rimetto nella sua scatola. Poi ficco la scatola in fondo al cassetto della toletta, per nascondere le prove.

«Stiamo per abbattere la porta!» abbaia il tizio della sicurezza.

«Arrivo!» Mi precipito verso la porta. Tolgo la sedia e apro. Faccio un salto indietro appena in tempo quando la porta si spalanca e quattro guardie invadono la stanza seguite dalla regina e da Gabriel.

Le guardie ispezionano la stanza, buttando in giro il mio magro guardaroba mentre svuotano i cassetti e controllano l'armadio. Una delle guardie trova la scatola nel cassetto della toletta. «Ce l'ho» dice e la squadra smette di cercare.

Osservano tutti mentre apre la scatola e poi la richiude in fretta. «È tutta qui, Maestà.»

«Molto bene» dice la regina. «Fate in modo che l'abbia Francesca. Potete andare.» Le guardie escono e la regina si volta a guardarmi. «Non hai risolto il rompicapo. Questa era una prova per la mente, non per il corpo.»

Io trattengo il fiato, aspettando che cada la bomba. Che cos'ha la regina contro di me? Questo premio non avrebbe voluto dire che fossi più vicina a essere scelta per Gabriel. Siamo ancora in sei, ci sono altre gare. E, maledizione, a me *serve*.

Ribollo in silenzio davanti al suo tono accusatorio. Non ho fatto niente di diverso dalle altre principesse. Stavamo tutte cercando di afferrare il premio, do un'occhiata a Gabriel. È silenzioso ma non sembra mi stia giudicando.

Mi rivolgo alla regina in tono educato. «Maestà, non mi hanno insegnato la teoria economica. Chiedetemi qualcosa di pratico e potrò darvi una soluzione.»

«Lei ha usato il suo ingegno per battere le altre» dice Gabriel, venendo in mio soccorso. Non è vero. Ho usato il mio istinto di lottatrice, affinato in anni passati a difendermi dai bulli nelle case affidatarie. Gabriel vuole che vinca. Adesso desidera veramente che diventi sua moglie? Il pensiero mi rende contemporaneamente euforica e terrorizzata. Lui non conosce la vera me. Non sa che è impossibile.

La regina sbuffa. «Ha strappato di mano il premio alla vera vincitrice come un bullo in un campo giochi.»

Gabriel reagisce. «E Francesca? Ha lussato la spalla di Elizabeth. E Polly è stata l'unica a smettere di tentare di afferrare il premio per chiamare un medico.»

La regina fa una smorfia. «È stata una sfortuna, anche Marguerite ha perso un dente.» Scuote lentamente la testa prima di dire. «Non è andata nel modo che prevedevo. Apporteremo le debite modifiche e continueremo.» E se ne va.

Gabriel mormora *mi dispiace* e la segue.

È dalla mia parte adesso. E questo, in qualche modo, significa più di una collana di diamanti. Stasera andrò in camera sua e insieme escogiteremo un piano per metter fine a questa folle competizione, a beneficio di entrambi. Altrimenti dovrò dirgli addio.

Sento lo stomaco che si rivolta, il petto stretto. Forse dire addio è l'unica alternativa. Un futuro con Gabriel è una fantasia e le mie fantasia sui nobili non si sono forse già completamente disintegrate?

9

———

Fisso il soffitto, nel mio letto vuoto, completamente sveglio, stupidamente sperando che Polly mi raggiunga. Mi sto torturando perché so che non dovrei cercare di darmi da fare con una vergine. Se verrà da me di sua spontanea volontà, allora significherà che lo desidera quanto me, e non avrei niente da rimproverarmi. La desidero da matti, anche sapendo che non potrà continuare. Non posso chiederle di diventare mia moglie e distruggere il suo spirito con il tipo di vita tradizionale cui ha voltato le spalle nel suo regno natio. Per non dire poi che mia madre l'ha presa in antipatia. Cavolo, ha addirittura coinvolto la sicurezza!

Mi passo una mano sul volto. Ho dovuto andarmene completamente da Villroy ieri sera per evitare la tentazione di Polly. Ho incontrato una delle mie solite amanti a Parigi per la cena, ed è finita lì. Non sono riuscito a fare nient'altro. Di colpo, la bella, sofisticata Katrina era sembrata troppo tranquilla, troppo riservata, i suoi capelli biondi troppo sottili e senza riccioli. Volevo che fosse Polly.

Ero tornato direttamente a casa, formulando un piano. Pensavo che se avessi fatto in modo che nella gara di oggi potesse vincere un premio di un qualche valore, Polly si sarebbe sentita così riconoscente per il mio aiuto che avremmo potuto passare una notte insieme prima che se ne andasse. Già. Pensare con la testa sbagliata aveva portato, prevedibilmente, a un risultato deludente.

L'idea di offrire una collana era stata mia. Ma non il rompicapo di economia. Non riesco a capire che cosa stesse pensando mia madre, inventandoselo. Era ovvio che tutto sarebbe finito con una zuffa quando la vincitrice avesse condotto le altre al premio. Era quello l'obiettivo fin dall'inizio? Forse aveva pensato che una bella lotta tra le donne sarebbe stata divertente. Probabilmente non aveva previsto che sarebbe sfuggita di mano, procurando lesioni serie. In effetti, le due principesse ferite, Elizabeth e Marguerite, se n'erano andate di loro volontà, stufe di tutto quel gioco barbaro e chi poteva biasimarle? Avevo osservato la rissa alla TV a circuito chiuso, facendo il tifo per Polly per tutto il tempo. E la mia ragazza aveva vinto.

Non la mia ragazza. Il fatto che il premio le fosse stato tolto poteva solo voler dire che il gioco fosse truccato, a suo sfavore. Non mi sorprende, dato che mia madre ha chiarito fin dall'inizio che Polly non è adatta a diventare regina.

Rotolo sul fianco e fisso la porta della camera, desiderando che appaia. Passano lunghi momenti e le mie speranze svaniscono. Chiudo gli occhi, con la mente che torna al tempo passato con Polly. Quando era entrata per la prima volta nel palazzo, con il suo vestito sexy e vistoso e mi aveva preso per il maggiordomo. Oltraggioso.

Polly in bikini, che mi regalava senza saperlo uno spettacolino sexy. Tentatore.

Polly che mi abbracciava mentre condividevamo il nostro dolore. Profondamente toccante.

Polly, entrata di nascosto nella mia stanza per contrattare con me. Baciarla, toccarla, assaporarla. Evito quel ricordo, il desiderio è già soverchiante.

Il buio della caverna quando l'avevo spaventata e lei mi

aveva abbracciato forte, come se potessi confortarla. Io che non ero mai stato di conforto a nessuno.

Spalanco gli occhi quando sento la porta che cigola. La silhouette di riccioli selvaggi e una vestaglia corta mi fanno tendere le mani al buio. Lei chiude la porta e si avvicina lentamente. Mi rendo conto che non può vedermi e accendo la lampada sul comodino.

Sorride. Sento il petto che si allarga in un'ondata d'affetto. In qualche modo è come se vedesse veramente me e non solo gli orpelli reali che tengono a distanza gli altri. Sono assurdamente felice che sia qui.

Si toglie i sandali e resta accanto al letto, guardandomi dall'alto. «Sei sveglio.»

«Perché ci hai messo tanto?» La tiro nel letto con me e spengo la luce.

«Mi stavi aspettando?» sussurra, accoccolandosi contro di me. Indosso solo i boxer e la sensazione di avere una donna sexy e calda contro la mia pelle nuda è una tortura sensuale e meravigliosa.

Le sollevo il viso per un bacio. «Sì.» Insinuo una gamba tra le sue e restiamo lì, abbracciati, sul fianco, vicini quanto possono essere due persone, lasciando che una resti vergine.

«Questa competizione è sfuggita di mano» sussurra.

Tengo bassa la voce. «Sono d'accordo. E avresti dovuto vincere tu oggi.» Non so perché, ma restare sdraiati al buio a sussurrare sembra più intimo di qualunque atto fisico.

Polly mi infila le dita tra i capelli. «Alla regina non piaccio.»

Le accarezzo la schiena, cercando di confortarla. «Non è niente di personale. Vuole la candidata migliore per il lavoro di regina. Lei sa che cosa serve.»

«E pensa che io non ce l'abbia.»

Le scosto i capelli dal viso, godendomi i suoi riccioli morbidi. «Ho la sensazione che mia madre abbia già in mente la candidata ideale.»

«Francesca.»

«Forse, non ne sono sicuro. So solo che non sei tu.»

Silenzio. Forse ho ferito i suoi sentimenti.

La stringo un po'. «Questa competizione è l'ultima cosa che avrei voluto, ma dà un po' di conforto a mio padre.»

Lei rimane in silenzio per un momento. «Non l'ho visto. Ci sono telecamere nascoste in modo che possa osservarci?»

Trasalisco perché sembra inquietante, ma ci sono circostanze attenuanti, le sue cattive condizioni di salute, la necessità che la successione avvenga senza problemi, il futuro del regno. «Sì. È molto malato, costretto a letto oramai da quasi un anno. Guarda sulla TV a circuito chiuso.»

«È ciò che pensavo.» S'irrigidisce. «Ce n'è una anche qui?»

«No. Solo dove le principesse mangiano e dove ci sono le gare.» Esito, ma poi scopro che voglio veramente parlargliene. «Posso fidarmi di te e dirti qualcosa che sanno solo in pochi?»

«Sì. Croce sul cuore e sputo in un occhio.»

Mi ritrovo a sorridere al buio. È stravagante e divertente, due aggettivi con cui ho avuto poco a che fare nella mia vita.

«Riguarda tuo padre?» sussurra. «Sta veramente male?»

Smetto di sorridere. «Sì. Ha un cancro al pancreas, all'ultimo stadio. I medici dicono che non gli resta molto tempo. Questa gara non è una cosa usuale per i miei genitori. Normalmente sono il massimo del decoro regale. È il cancro che li ha portati a questo punto, a cercare un po' di gioia in tutti i modi.»

«Lo capisco.» Mi abbraccia stretto. «Mi dispiace Gabriel. So quant'è difficile. Mio padre è stato mandato a casa a morire. È terribile perdere qualcuno che ami, giorno dopo giorno ed essere impotente, non poter fare nulla per evitarlo.»

La tengo stretta e lascio andare il fiato. Lei mi capisce. Di colpo non mi sento più così solo con il mio dolore nascosto.

Continuo a parlarle, a raccontarle di più. «Mia madre si rifiuta di regnare senza di lui. È il motivo per cui è urgente assicurare la linea di successione. Devo sposare una donna pronta a subentrare come regina e generare il prossimo erede al trono.»

Lei mi accarezza lentamente la schiena. «È il motivo per

cui ti stanno facendo tante pressioni? E Phillip? Non hai anche altri fratelli?»

«Ho quattro fratelli e due sorelle minori, ma nessuno di loro è adatto. Non sono stati educati fin dalla nascita a succedere al trono. Il mio indulgentissimo padre ha permesso che vivessero liberamente, come aveva fatto lui, essendo un figlio cadetto. È diventato re inaspettatamente quando il fratello maggiore ha sposato una borghese e ha abdicato al trono. È stato uno scandalo, non era mai successo nella storia del nostro regno, ed è stato molto difficile per mio padre passare dalla sua vita senza responsabilità ai rigori di essere il re. Ha sempre voluto che i miei fratelli e sorelle minori avessero la libertà che a lui era stata negata.»

«Wow. Dev'essere stato amore vero perché tuo zio rinunciasse al trono.»

«Immagino di sì, ma non senza conseguenze. È stato bandito da Villroy e la sua famiglia è stata tagliata fuori. Niente fondi, niente privilegi. Mio padre li chiama gentaglia.»

«Un giudizio crudele.»

Le appoggio il mento sulla testa. «A volte la vita lo è.»

Lei si tira indietro e parla con ferocia. «Tutta questa storia è ingiusta nei tuoi confronti. I tuoi genitori hanno scaricato tutto il fardello sulle tue spalle. Ti hanno tolto la libertà.»

Mi piace che cerchi di difendermi, anche se non è necessario. Giocherello con una ciocca dei suoi capelli. «Sapevano che ero all'altezza del compito. Non è una fatica. Sono sempre stato fiero del mio diritto di nascita e conosco il mio posto.»

«Continuo a pensare che non sia giusto che i tuoi genitori non ti abbiano lasciato la stessa libertà che hanno concesso ai tuoi fratelli, o che almeno non abbiamo fatto in modo che alcuni di loro imparassero i fondamenti. È il motivo per cui sei così triste.»

«Non sono triste.»

Adesso Polly mi sta accarezzando, passandomi la mano sulla spalla e lungo la schiena. «Ti hanno chiuso in soffitta per obbligarti a studiare, con una fila infinita di istitutori?»

Sospiro. «Non mi hanno rinchiuso, ma la mia educazione

e il mio addestramento sono stati diversi. I miei fratelli non sono preparati per questo ruolo. Forse a una parte di me piaceva essere il fratello maggiore e schermarli dalle difficoltà di dover fare il proprio dovere, anche se una delle mie sorelle ha fatto qualche concessione al protocollo.»

Le dita di Polly mi percorrono la spalla e scendono sul bicipite, che stringe. «Accidenti, sette figli. I tuoi genitori si sono dati da fare sotto le lenzuola!»

Rido. «I due più giovani sono gemelli, un maschio e una femmina. Sono Silvia e Adrian. Mia madre voleva a tutti costi una femmina dopo quattro maschi di fila. Ed è stato quando ha avuto Emma. E poi voleva che Emma avesse una sorella, quindi hanno tentato di nuovo. E ha funzionato. Solo non si aspettava che il sesto fossero in effetti il sesto e il settimo.»

«Bella sorpresa.»

Restiamo in silenzio per qualche momento, solo tenendoci abbracciati al buio. Sono contento, una sensazione rara per me.

«Gabriel.»

Mi piace il suono del mio nome sulle sue labbra. «Sì?»

«Ero venuta qua stasera per dirti addio. È chiaro che non mi permetteranno di vincere la competizione, nemmeno un premio minore come una collana di diamanti. Visto che tu sei il premio principale.»

La stringo tre le braccia, non sono ancora pronto a dirle addio. «Quindi ammetti che sono io la ricompensa maggiore?»

Polly ride. «Tu sei a un livello di grandezza tutto tuo, molto, molto in alto, ma non montarti la testa, Altezza.» Sento l'ilarità nella sua voce, ma poi torna seria. «Mi dispiace ma se non c'è niente di valore da riportare a casa, devo andare e trovare un altro modo.»

«Dimmi perché ti servono i fondi. Chi è la persona che stai aiutando e perché?»

Sento le sue dita che si flettono sul mio braccio. «Non dovrei dirtelo.»

«Puoi fidarti di me, Polly. Te lo giuro sulla mia vita.»

Lei parla in fretta. «Tutto ciò che ti posso dire è che è nei guai ed è urgente che l'aiuti. Il tempo è un fattore importante. Lei è importante per il nostro regno.»

«Perché non può aiutarla il vostro regno? Pensavo che la vostra economia fosse fiorente.»

«È una situazione delicata di cui non si possono occupare i canali ufficiali. Ci sono solo io per cercare di raddrizzare le cose. Giuro che le mie intenzioni sono buone. Sto solo facendo ciò che devo.»

Come me, lei fa ciò che deve fare per il bene del suo regno. Dovere, onore, obblighi. Sono cose che capisco e che valuto sopra a tutto. Le barriere che ho sempre tenuto intorno al cuore si sbriciolano e finalmente ammetto la verità, almeno a me stesso: sono innamorato di lei. È successo troppo in fretta, in modo folle perfino, eppure stranamente la cosa non mi preoccupa. Mi sento vivo, consapevole, come illuminato, completamente sintonizzato con la pura gioia di tenerla abbracciata. Il calore del suo corpo attraverso la vestaglia di seta, il suo profumo floreale e speziato, la pelle morbida delle sue gambe premute contro le mie. Mio Dio, sono effettivamente felice.

La bacio teneramente. «Ti aiuterò io. Il premio di domani sarà qualcosa di valore che non ti potranno togliere, da usare solo per il bene del tuo regno.» Potrei darle un gioiello in questo momento, ma egoisticamente voglio tenerla qui il più a lungo possibile. La nostra monarchia è ricca, grazie a un tesoro in gioielli e a investimenti azzeccati, siamo tutt'altro che indigenti, ma non basta per salvare la nostra economia. Villroy deve essere autosufficiente per mantenere le generazioni future.

«Grazie.» Resta in silenzio per un momento. «Ne resteranno solo due dopo domani, quindi immagino che, quando me ne sarò andata… sposerai chiunque resti.»

Io voglio sposare *lei*. Voglio la mia felicità più della sua e non è una cosa degna d'onore. Non posso andare contro i desideri dei miei genitori mentre mio padre è prossimo alla morte. Lui si schiererà con mia madre contro Polly. Non posso chiedere a Polly di frenare il suo spirito libero e di assoggettarsi alle restrizioni della vita di una regina, specialmente con il fardello aggiuntivo della nostra vacillante economia. O forse sì?

«Ti manca casa tua?» le chiedo.

Lei non risponde. Forse è un argomento spinoso.

«Te lo sto chiedendo perché sembri diversa dalle tue foto nelle occasioni ufficiali. Più libera e aperta.»

«Mi hai cercato?»

«Sì. Ero curioso.»

Polly resta in silenzio così a lungo che penso non voglia rispondermi, ma alla fine dice. «Non mi manca casa mia. Era soffocante. Dovevo allontanarmi, provare la libertà. Ma questo non significa che non farò la cosa giusta per loro.»

«Capisco.» È come sospettavo. Non sarebbe felice con il rigore richiesto dall'essere una regina qui a Villroy.

Polly sospira. «Grazie per aver capito e perché mi vuoi aiutare.»

Non c'è altro da dire. Abbiamo solo questo e non riesco più a privarmene. Rotolo sopra di lei e la bacio. Il piacere di avere il mio corpo finalmente completamente premuto contro il suo è stupefacente. Lei ricambia la mia passione, entusiasta, avida e io mi dico che niente di ciò che succede tra di noi può essere sbagliato.

Anna

Questa è la nostra ultima notte insieme. Mi darà ciò di cui ho bisogno per aiutare Polly. Non potrò mai essere ciò di cui ha bisogno in una moglie, in una regina. Sono solo una plebea che butterebbero fuori a calci, un'orfana. Mi dico che non importa ciò che faccio adesso. Posso essere io al buio, nell'intimità della stanza di Gabriel. Sappiamo entrambi che cosa vogliamo.

Lui è gentile con me, così gentile mentre mi spinge sulla schiena e mi bacia. Lenti baci profondi, le sue mani che mi accarezzano languide sopra la vestaglia, lungo le braccia, i fianchi, le gambe. È sensuale e io mi sciolgo sul materasso. Gabriel alza la testa e si tira indietro solo quel tanto che basta per slacciarmi la vestaglia. Indosso una camicia da notte nera di cotone con il collo a V. Mi siedo e mi tolgo tutto, la vestaglia, la camicia, il perizoma e li getto dall'altra parte del letto king-size. Ah. Un letto king-size per un futuro re. Ma lui non è un re quando siamo solo due noi. È solo Gabriel.

Accende la lampada sul comodino e io sbatto gli occhi alla luce improvvisa. «Avevo bisogno di vederti.» Ha la voce roca. «Sei bella, così bella.»

«Grazie.» Mi riempio gli occhi delle sue stupende spalle muscolose, il torace ampio, gli addominali scolpiti, e il suo sesso duro che spinge contro i boxer. «Anche tu.»

Lui mi prende il volto tra le mani e mi bacia, profondamente e poi mi guida indietro sul materasso, coprendomi con il suo corpo. Si tiene sollevato sugli avambracci, sopportando la maggior parte del suo peso mentre continua a baciarmi sulla mandibola, muovendo verso il punto sensibile sotto l'orecchio, grattandomi leggermente con i denti proprio lì, facendomi rabbrividire di piacere, prima di continuare lungo il collo, la clavicola e poi dedicando la sua attenzione ai miei seni, baciandoli e assaporandoli come se avesse tutto il tempo del mondo.

Non sono mai stata trattata così a letto. Come se fossi preziosa, un gioiello da scoprire. Sono calda e languida, rilassata con un uomo in un modo che mi è sconosciuto. Come se fossimo destinati da sempre a stare insieme in questo modo.

Affondo le dita nei suoi capelli folti e li strattono un po', tirandolo verso di me per un altro bacio. Lui torna alla mia bocca e lo bacio appassionatamente. Una mano scivola lungo le mie costole fino al seno, dove pizzica il capezzolo. La sensazione forte mi toglie il fiato. Gabriel si sposta ancora verso il basso, prendendo in bocca il mio capezzolo eretto e succhiandolo. Arcuo la schiena.

Allargo le gambe, invitandolo. Ho bisogno di lui lì. Sembra capire senza che dica una parola e si sposta all'altro seno, succhiando forte, mentre una mano scivola lungo il mio addome e tra le gambe. Non ha fretta, mi stuzzica leggermente con le dita.

Io alzo i fianchi. «Di più.»

Mi rivolge un sorriso malizioso prima di darmi un pizzicotto che è come una scossa elettrica. Grido e lui abbassa la testa, leccando il mio bocciolo con la lingua umida. Fitte di piacere al calor bianco mi trafiggono a ogni passata della sua lingua. Od-d-io. Gli afferro i capelli, gemendo forte.

Non voglio che smetta. Mai. Mai.

Il mio cervello si spegne, le mie dita allentano la presa mentre galleggio in una nebbia di piacere. La sua bocca è famelica e poi infila un dito dentro di me, poi un altro. Gemo piano.

Gabriel solleva la testa e, peggio ancora, toglie le dita, appoggiandole sopra la mia coscia. «Polly, non voglio essere indelicato, ma non mi sembri una vergine. Puoi essere sincera con me.»

Pensa, Anna! Cerco freneticamente una spiegazione che non sia che ho perso la mia verginità nella Subaru di Joey dopo la festa di fine liceo. Questa è la mia sola e unica possibilità di stare con lui. Il mio istinto mi dice che non è il momento di spifferare tutta la verità. Lo desidero disperatamente. *Pensa!* Tampone, forse, no, decisamente troppe informazioni. O forse la ginnastica o l'equitazione. Non lo so. Lo rivoglio lì, *adesso*. «A volte l'imene non c'è oppure, mmm, possono succedere altre cose, cose da donne.»

«Ah.»

Gli afferro i capelli con una mano, cercando di riportarlo al suo posto, a soddisfarmi perché sono una bugiarda disperata e arrapata.

Andrò all'inferno.

Non m'importa.

La sua bocca riprende la magia. I miei fianchi si alzano per andargli incontro, sensazioni elettriche mi percorrono. E continuano. Mi perdo ancora una volta in una nebbia di piacere, e sto beatamente cavalcando l'onda. Le sue dita sono tornate in profondità dentro di me, mi accarezzano e poi… *sì!* Il punto G innesca il piacere e i miei fianchi s'impennano selvaggiamente. Sto andando verso un orgasmo straordinario quando lui alza la testa e toglie le dita. *No-o-o-o!*

«Non fermarti!» sbraito.

«Ti masturbi?»

«Sono una vergine di ventitré anni» sbotto. «Che cosa credi?»

«Mostramelo.»

Ubbidisco perché sono così fottutamente vicina che ho voglia di gridare e se ha solo voglia di cazzeggiare… lui mi osserva, leccandosi le labbra. Non è la stessa cosa con le mie dita. Ho bisogno di lui. «Gabriel, per favore, voglio la tua bocca. Per favore, per favore, per favore.» Lo sto pregando senza vergogna, perché è così abile.

«Ho voglia di guardarti. Mostrami quello che ti piace.»

Mi siedo di colpo. «Ti piace vivere pericolosamente, vero?»

Lui mi dà uno spintone, rimettendomi sdraiata sul letto. «Fai quello che dico, poi avrai la tua ricompensa.»

Sono furiosa perché mi sta lasciando in sospeso in quel modo. Ed è troppo prepotente. Lo guardo storto mentre le mie dita scendono e fanno piccoli cerchi, come piace a me.

«Brava ragazza» dice dolcemente, facendomi bagnare ancora di più.

Chiudo gli occhi, cercando di ritornare a quel piacere intenso. Sento che si muove e poi il materasso si sposta quando si sdraia accanto a me, con la voce roca nell'orecchio, che mi spinge a continuare con parole sconce. Sono seriamente incazzata e seriamente eccitata. E…

«Oh, oh, oh.» Mi manca il fiato. Gabriel spinge via la mia mano e poi la sua meravigliosa bocca torna, e mi porta su, su, sempre più in alto. Arrivo violentemente all'acme, con il corpo che si scuote, la sensazione che si irradia dalla cima del cuoio capelluto fino alla punta dei piedi.

«Gabriel» sospiro quando riesco nuovamente a parlare.

Lui risale il mio corpo e mi bacia. «Lieto di essere stato utile.»

«Dovrebbero farti cavaliere. La prossima volta non smettere o ti strangolerò con le mie mani nude.»

Lui non risponde, mi guarda, serio e mi rendo conto che non ci sarà una prossima volta. Ignoro il dolore sordo del rimpianto e mi sforzo di concentrarmi sul presente.

Gabriel insinua la mano tra le mie gambe, appoggiandola lì e io gemo, a lungo, a bassa voce. La prossima volta è già arrivata? Non so se riuscirò a venire di nuovo così presto. Gabriel si sposta, prendendomi in bocca un capezzolo. Io allargo le gambe e gemo piano, con la pressione dentro di me che chiede di essere soddisfatta.

Lui intuisce e infila le dita dentro di me. Si scopre che posso sopportare di più, perché quando si tratta di lui divento avida. E quando le sue labbra tracciano una scia di fuoco lungo il mio stomaco, i muscoli della mia pancia si flettono, il mio grembo lo reclama e tutto in me si stringe in attesa. Lui è *l'unico* uomo. Due volte in una notte. Non riesco quasi a crederci. Forse è perché pensa che sia vergine, e di dovermi veramente scaldare, e sono sicura che andrò all'inferno, ma morirò felice. Gabriel si posiziona in ginocchio tra le mie gambe, mi passa le mani all'interno delle cosce, allargandole di più e poi finalmente la sua bocca si chiude sopra il mio sesso. *Sì! Sì! Sì!*

Le sue labbra vibrano contro di me in una bassa risata che porta più piacere. L'ho detto a voce alta? Il mio cervello si spegne mentre mi divora. Mi aggrappo alle sue spalle larghe, infilando le unghie mentre lui mi lavora con le labbra, la lingua e i denti. *Cazzo. Sto andando a fuoco.* Le sue dita si uniscono all'azione, accarezzandomi dall'interno mentre comincia a succhiare dolcemente. Mi scuoto e poi sto volando, e dalla gola mi esce un grido aspro mentre ondulo impotente contro di lui, che rallenta, riportandomi piano a terra, con lente calde ondate di piacere che mi attraversano. Sono incandescente, dentro e fuori.

«Ti adoro» mi lascio scappare.

Lui sorride e torna su, guardandomi con calore, con un'espressione che sembra quasi amore. Resto a bocca aperta. Sono sbalordita, stupidamente felice, tra gli orgasmi e lo sguardo amorevole di Gabriel.

Lui mi bacia e poi si sposta, facendomi rotolare sullo stomaco, scostandomi di lato i capelli e baciandomi dolcemente sulla nuca. Io mi sciolgo e poi sobbalzo quando denti aguzzi affondano nella mia nuca, con una presa leggera ma salda. Resto senza fiato, percorsa da un brivido d'eccitazione. Gabriel lascia la presa e le sue mani riprendono a vagare, seguite dalla sua bocca che bacia e assaggia, dalla nuca fino ai piedi. Non c'è un centimetro di me che non abbia baciato, toccato e assaporato.

Mi fa rotolare per guardarmi in volto, con una domanda negli occhi. Un po' in ritardo, penso spaventata di essere stata troppo vocale, di aver goduto troppo per una presunta vergine, ma poi mi rendo conto che sta aspettando, chiedendomi in silenzio se può prendere la mia verginità. Mi sento travolgere da un'ondata di affetto. È dolcissimo. E mi fa chiedere come sarebbe stato se avesse saputo che non ero vergine. Più aggressivo? Mi sarebbe piaciuto. Vorrei poterlo scoprire.

Gli metto le braccia intorno al collo. «Ti voglio. Godiamo insieme stanotte. Non c'è bisogno che qualcuno lo sappia.»

Lui mi passa il pollice sul labbro inferiore. «Sei sicura? Devi esserne sicura.»

Io allungo la mano e lo accarezzo attraverso i boxer. È grandioso e duro come un sasso. «Sono sicura» gracchio.

Gabriel sorride e mi manca il fiato tanto è bello. Dovrei poterlo far sorridere sempre. «Dio, Polly, mi hai reso così felice.»

«Quindi adesso possiamo essere entrambi felici. Beh, io posso essere *più* felice. Lo sono già, grazie a te.»

Gabriel apre il cassetto del comodino per prendere un preservativo e apre la confezione. Io lo aiuto togliendogli i boxer di maglia e baciando la sua massiccia erezione. Lui geme. Poi non riesco a fare a meno di assaggiare, dando una bella leccata.

Lui mi afferra per i capelli e mi solleva la testa. «Voglio venire dentro di te.»

«È ciò che voglio anch'io. Voglio tutto. Restiamo svegli tutta la notte e facciamo tutto quello che possiamo farci reciprocamente.»

Lui s'infila il preservativo, gemendo. Poi è sopra di me, mi tiene il volto con una mano, fissandomi negli occhi mentre mi penetra. Gli avvolgo le gambe in alto, intorno alla vita. Si spinge lentamente in fondo. Non sono vergine, ma è passato parecchio tempo e lui è grosso. Riesco a sentire il mio corpo che si distende, la pressione mentre si spinge più in fondo.

Ha un'espressione di feroce determinazione sul volto mentre si muove lentissimamente. Gli si formano gocce di sudore sulla fronte. Si sta trattenendo, cercando di rendere le cose più facili per la donna che crede vergine. Sento le lacrime bruciarmi gli occhi, sorprendendomi. Non sono un tipo da lacrime.

Gabriel si ferma. «Ti sto facendo male?»

Scuoto la testa e guardo il soffitto, sperando che le lacrime tornino da dove sono venute.

Lui comincia a tirarsi indietro, ma gli afferro il sedere e lo spingo forte contro di me. Lui entra fino in fondo e si sentono i nostri gemiti congiunti. Mi bacia le palpebre, le guance, la mandibola. Ho la gola quasi chiusa per l'emozione. Che c'è che non va in me? Dovrei essere felicissima, in pista per una cavalcata memorabile.

Sollevo i fianchi sotto di lui. «Devi muoverti per farlo funzionare.»

Lui ridacchia e il suo fiato caldo mi solletica l'orecchio. «So come funziona, tesoro.»

Il "tesoro" mi trafigge il cuore. Respiro tremando, quando la dura verità mi travolge: ci sono dentro al cento percento, sono completamente, stupidamente, innamorata. Mi bruciano gli occhi. Li chiudo e ingoio il groppo di emozione che mi si è incastrato in gola.

Inspiro forte e poi il fiato si mozza quando lui si spinge in fondo. «Sì» riesco a dire. Ho bisogno che mi riporti in un mondo di piacere, lontano dall'abisso emotivo. *Scopami forte.* Lo cambio velocemente in «Mhm, mi piace. Ancora, ancora.»

Gabriel emette un gemito e la sua bocca si chiude sulla mia mentre si spinge dentro di me. Alza la testa, il fiato aspro accanto al mio orecchio mentre mi porta con sé in una folle cavalcata. Non è un momento di divertimento come mi è successo in passato: è intenso. Più grezzo e duro e profondo. Ogni colpo mi porta più vicino al precipizio.

«Vieni con me» mi ordina.

«Non puoi semplicemente ordinarmi… ah!» Si è appoggiato la mia caviglia sulla spalla e si mette sulle ginocchia, pompando dentro di me ancora più in profondità. Le sue dita mi accarezzano rapide. Sto bruciando, ansimando, fuori di testa. Mi sta aprendo con le sue spinte dure mentre io mi contraggo intorno a lui nello stesso tempo. Sono colta nel vortice di un piacere di nome Gabriel, stupendo, quasi insopportabile nella sua intensità. Piacere pulsante che mi inonda e poi esplodo, gridando il suo nome. E questo lo fa esplodere e si lascia andare.

Io sto tremando, sudata, ubriaca di Gabriel. Non voglio che questa notte finisca, mai. Più scopate. Più tutto.

Gabriel volta la testa e mi bacia il polpaccio. Mi tornano più forti le lacrime agli occhi e colano dagli angoli. Mi metto un braccio sulla faccia, imbarazzatissima.

Lui mi tira giù la gamba. «Polly. Va tutto bene?»

Non riesco a parlare. Se lo facessi, rivelerei tutto e così tutto finirebbe. Mi odierebbe per avergli mentito.

Un momento dopo, è sdraiato accanto a me. Mi toglie il braccio dagli occhi e mi prende tra le braccia, sdraiati sul fianco. Le mie lacrime gli bagnano il petto, ma sembra che non gli importi. Getto un braccio e una gamba sopra di lui, appiccicandomi addosso, sapendo che il nostro tempo insieme sta per finire.

Gabriel mi accarezza i capelli, mormorando: «Resterà tra di noi, te lo prometto.» Pensa che sia sconvolta per la perdita della mia verginità e la sua preoccupazione mi fa solo piangere più forte.

«Lo so» riesco a dire con la voce soffocata. «Non lo rimpiango. Mi è piaciuto.» *Ti amo.*

Lui mi tiene stretta. «Okay. Andrà tutto bene.»

Solo che com'è possibile che tutto vada di nuovo bene? Sono innamorata del principe ereditario di Villroy, e lui sposerà un'altra donna.

10

Gabriel

Ho mantenuto la mia parola. Aiuterò Polly a vincere e la manderò a casa con i fondi sufficienti ad aiutare la sua amica. Mi addolora sapere che sta per andarsene, eppure una parte di me continua a sperare. Il nostro legame è troppo forte per ignorarlo. Siamo rimasti svegli per quasi tutta la notte, allacciati, vicino quanto è possibile essere per due persone. Ha accettato tutto ciò che le ho chiesto, mi ha soddisfatto fino in fondo e ha preteso qualcosa anche lei. È fiera, appassionata e forte. Mi sono svegliato all'alba, felice con Polly tra le braccia, sapendo che non potevo lasciarla andare. Siamo perfetti l'uno per l'altra come nessuna mai in passato. Non so come potrà funzionare. Tutto ciò che so è che devo trovare un modo per tenerla.

Ho dato i miei suggerimenti a mia madre per la gara di oggi. Li ha ignorati quasi tutti, ma la parte che mi premeva, il premio, è a posto. Sarà una donazione da parte della nostra fondazione di beneficenza alla sua fondazione. Polly potrà reindirizzare i fondi da lì. L'importo che ha menzionato è molto inferiore al valore della collana di diamanti che le è stata tolta, ma immagino più di quanto sarebbe riuscita ottenere da sola senza sollevare sospetti.

Avevo sperato in un evento che richiedesse di correre o nuotare, oggi, perché li avrebbe vinti facilmente. Ciò che ho ottenuto è un test di forza e perseveranza, tolto direttamente dal reality show che i miei genitori adorano: quattro principesse sulla spiaggia, che tentano di arrivare in cima a un palo unto di grasso per afferrare una bandiera.

Io osservo lì vicino, insieme ai servitori scelti per sovraintendere alla gara. I miei genitori stanno guardando dalla loro camera. Quando una principessa avrà preso la bandiera, dovrà saltare su un kayak e arrivare il più presto possibile alla riva nord. I servitori sono pronti a spingere i kayak in acqua. Nessuno di loro è robusto. In effetti, Albert è vecchio. All'apparenza, io sono qui come giudice, ma sto solo aspettando di farmi avanti e spingere il kayak di Polly con tutta la mia forza per darle un vantaggio.

Riesco praticamente a sentire i miei genitori che ridacchiano allegri guardando le principesse sporche di grasso. Indossano tutte camicie col colletto e le maniche corte e pinocchietti in una varietà di colori pastello, rovinati da macchie nere di grasso. Eccetto Polly, che indossa una canottiera sexy da morire e pantaloncini cortissimi. Anche con quell'insieme sexy, riesco a malapena a guardarla, perché in questa gara fa veramente schifo.

Rivolgo l'attenzione alle altre principesse. Francesca sta conficcando le unghie nel palo e afferrandosi con i piedi nudi. È appesa, ma non si muove.

Sophia si arrampica come una scimmia, scivola e ricade fino a terra. La sabbia si appiccica al grasso e al sudore. Penso che la sabbia potrebbe aiutarla con la trazione, ma dopo aver cercato di togliersela, corre in acqua e la lava via. Pessima decisione. Ora è troppo bagnata per riuscire a fare progressi con il grasso. Osservo il suo primo tentativo mentre grugnisce tentando di salire e squittisce ricadendo, praticamente un maiale.

Lucienne, che è sempre stata vicina alla cima della classifica in tutte le gare, ma non ha mai vinto, sta cercando di trovare modi diversi di arrampicarsi. Salta e scivola senza successo. Poi stringe il fondo con i piedi e si tira su con le braccia, scivolando di nuovo dopo ogni parziale successo. Alla fine riesce ad arrampicarsi, un braccio dopo l'altro, imitando il movimento con i piedi. Sta facendo progressi.

Polly scivola lungo il palo per la terza volta e lo fissa furiosa. «Allora!» gli grida. «Dimmi come devo fare a scalarti!» Dà un calcio alla sabbia, frustrata e poi sembra pensare che è una buona idea. Lancia manciate di sabbia sul palo. Questa volta, quando si arrampica, fa progressi.

«Ahi, ahi, ahi» brontola. «Stupido palo. L'avrò vinta io.» La sabbia da questa parte dell'isola è ruvida e deve penetrarle nelle mani e nei piedi nudi.

Vai, Polly, vai.

Francesca si lascia cadere a terra e affonda le mani nella sabbia, ricominciando con una migliore trazione. Nemmeno un gemito da parte sua per la sabbia ruvida. Fa qualche smorfia mentre fa lentamente progressi.

Sophia scivola di nuovo a terra. Ora la gara è praticamente tra Francesca, Lucienne e Polly.

Lucienne afferra la bandiera per prima, scivola giù lungo il palo e sventola in giro la bandiera, ballando felice. Perdendo tempo.

Francesca afferra la sua bandiera e salta a terra, atterrando accucciata e poi partendo di corsa verso il kayak. E Lucienne la segue.

Io resto dove sono, aspettando la mia ragazza. Dopo la notte scorsa, lei è mia.

Sophia scuote il palo dal fondo, cercando di far cadere la bandiera e rinunciando a scalarlo. È fuori. Non seguire le regole equivale automaticamente alla squalifica.

Polly fa un allungo e afferra la bandiera, scivola lungo il palo e sprinta verso il kayak. Io la seguo di corsa. Albert sta andando da lei quando lo intercetto. «Ci penso io.»

Polly è veloce e arriva al kayak qualche secondo dopo le altre due. Afferra la pagaia e spinge. Io appoggio la spalla e do una spinta possente al kayak, che vola oltre quelli delle altre due.

«Non è corretto» grida Sophia dalla riva. Non sa perdere. «Polly ha ricevuto una spinta molto più forte di chiunque altro.»

Francesca e Lucienne si voltano, mi vedono ancora in acqua fino alle ginocchia dietro al kayak di Polly e si scambiano un'occhiata. Uh-uh- devono sapere che ho favorito Polly. È la prima volta che intervengo in una competizione.

Mi volto verso la spiaggia e mi unisco ai servitori per la camminata lungo il sentiero in cima alla scogliera, per seguire la gara dei kayak dall'alto. Polly è in testa, ma Francesca sta guadagnando terreno con spinte potenti.

Qualche minuto dopo, Francesca sbatte contro la parte posteriore del kayak di Polly, che sobbalza, ma non si ribalta e riesce a trattenere la pagaia. Urla qualcosa a Francesca, voltando la testa, senza vedere Lucienne che arriva dall'altra parte. È come vedere un incidente d'auto. Non riesco a distogliere gli occhi.

Lucienne usa la pagaia per dare una spinta laterale a Polly e accidentalmente inclina il proprio kayak, cadendo a metà su quello di Polly, che si inclina pericolosamente. Polly usa la sua pagaia per spingere via il kayak di Lucienne e poi si allontana pagaiando furiosamente. Lucienne deve lottare per tenere diritto il suo kayak e perde tempo prezioso.

Ora la gara è tra Polly e Francesca, che guadagna terreno. Il vento comincia a soffiare forte, aiutandole a proseguire. I riccioli di Polly svolazzano dappertutto come fiamme selvagge, mi ricordano il suo spirito libero e vivace, e mi piace. Di colpo, non voglio che Polly vinca. Se vince se ne andrà. Se arriverà al secondo posto, potrò avere un'altra notte con lei. Altrimenti non so quanto dovrò aspettare. Non so nemmeno se riuscirò a convincerla a continuare a vedermi, viste le circostanze.

Ma so cosa fare per distrarla. Ne ha parlato parecchie volte.

Mi tolgo la maglietta, guardo in basso verso le principesse che stanno remando e grido: «Forza, forza!»

Polly guarda in alto e il suo sorriso radioso mi colpisce al plesso solare. Resto senza fiato per un momento. «Giusto, splendore!»

I servitori mi guardano a occhi sgranati. Non una parola sulla mia poco caratteristica spontaneità.

Francesca non manca un colpo, remando più forte. Lucienne, al terzo posto, rallenta quando Francesca passa in testa. Nessuna delle due ha alzato la testa quando le ho incoraggiate.

Polly è dietro, adesso, come avevo sperato. So che è egoistico, ma so anche che lei era sintonizzata sulla mia voce e Francesca no. Non che Francesca abbia fatto qualcosa di sbagliato. Chiaramente ha una grande concentrazione, forza e perseveranza. Sono le qualità che dovrebbe avere una regina.

Ma è Polly quella che mi fa sentire vivo.

Anna

Sto pagaiando così forte che mi bruciano le braccia per lo sforzo, specialmente dopo l'arrampicata sul palo unto di grasso. Ancora una volta mi lascio distrarre dal bocconcino reale. Accidenti a te, Gabriel e al tuo magnifico torace! Adesso Francesca è in testa. Avrei dovuto restare concentrata come Francesca, il robot vogatore. Sono sicura che passi il suo tempo libero remando. I suoi colpi sono incredibilmente precisi. Devo vincere. Prendo brevemente in considerazione di sbattere il mio kayak contro il suo, come ha fatto lei dopo tutto, ma quella non sono io. Io non cerco scorciatoie. Do il massimo e se non basta, cerco un'altra opportunità.

Ignoro i muscoli delle braccia che urlano di dolore, la fatica nella schiena e metto l'ultimo grammo di forza nella gara. Siamo fianco a fianco adesso. E stiamo arrivando all'ultimo tratto verso la riva nord, dove uno striscione rosso tra due pali sulla spiaggia segna la linea del traguardo.

Un'onda ci arriva alle spalle, sollevandoci e spingendoci verso riva. Io pagaio per restarle davanti. Francesca smette di pagaiare, lasciando che l'onda si infranga su di lei, probabilmente sperando di ricevere una spinta. Io arrivo all'acqua bassa, lei no. Il suo kayak si capovolge.

Esco dal mio kayak, lo tiro verso riva e attraverso di corsa il traguardo.

«Polly vince, Francesca è al secondo posto» dichiara Albert. «Siete arrivate entrambe al round finale.»

Francesca ora è in piedi nell'acqua bassa, fradicia e cerca di raddrizzare il suo kayak. Il personale va ad aiutarla. È furiosa e cammina verso la riva facendo il broncio, senza preoccuparsi di ringraziarli per il loro aiuto. Vorrei dirle di non preoccuparsi, che alla fine vincerà lei. Ho solo bisogno di questo premio per aiutare la principessa, a casa, e poi me ne andrò via da qui. Vincerà lei il primo premio, Gabriel. Ignoro la stretta allo stomaco che provo al pensiero.

Come per un sesto senso, mi volto proprio quando mi arriva di fianco.

«Hai vinto» dice con un tono inespressivo.

In qualche modo, so come si sente. Dovrei saltare e gridare dalla gioia, ma guardando nei suoi begli occhi verdeazzurro, del colore del mare, ricordando ciò che abbiamo condiviso, non me la sento di festeggiare. Adesso dovrei prendere i soldi e scappare, per non vederlo mai più. «Già.»

«Meritatamente.»

«Mi hai dato una bella spinta.»

«Hanno dato una spinta a tutte.»

Abbasso la voce. «Non tutte hanno ricevuto una spinta da mister muscolo.»

Gabriel sorride e il mio cuore batte più forte. I suoi rari sorrisi sono letali. Abbassa la testa e mi sussurra direttamente all'orecchio: «Resta per il fine settimana.»

Annuisco. Non devo pensarci due volte. Comunque non è che un avvocato possa fare qualcosa per Polly durante il fine settimana.

Lui sorride radioso e poi sembra ricordare i membri del personale lì vicino che stanno guardandolo e torna a un'espressione neutrale.

Francesca ci raggiunge. «Altezza, è stata una gara dura.

Sono lieta di essere tra le due finaliste, anche se non ho vinto il primo premio.»

Gabriel inclina la testa «Incontrerete entrambe la famiglia sabato a cena, e la regina domenica. Lunedì una di voi tornerà a casa e l'altra resterà a palazzo per due settimane. Ci darà il tempo di conoscerci prima che venga annunciato il fidanzamento ufficiale.» Incrocia il mio sguardo e sembra che voglia dire qualcosa di più, poi cambia idea. Rivolge un sorriso a entrambe, si volta e se ne va.

Francesca mi guarda torva prima di andare decisa dalla sua cameriera in attesa.

Lunedì sarà Francesca quella che resterà per vivere felice per sempre con il suo principe. Cerco di accettare questa realtà, torturandomi quando immagino le loro due settimane come coppia qui a Villroy, un periodo di tempo luminoso e paradisiaco su questa bella isola, e poi il grande annuncio reale. Mi fermo lì, per puro spirito di sopravvivenza.

Ora so perché abbiamo dovuto impegnarci a restare per tre settimane al palazzo. Mi rendo conto di colpo che l'invito che Gabriel mi ha sussurrato all'orecchio non era così intimo come pensavo. Ma posso dirgli di no?

Mi sono stupidamente innamorata. Com'è successo? Sono qui solo da cinque giorni, eppure non posso negare l'intensità di ciò che provo. Forse è stato lo stress della gara, il tempo passato da soli. Forse è stato solo Gabriel e i suoi modi teneri e burberi insieme. Il modo in cui sapevo istintivamente che aveva bisogno di me. E forse anch'io avevo bisogno di lui. Non ho mai conosciuto un uomo così, forte, fiero ma anche capace di attenzioni e affetto. Mi ha trattato come un gioiello prezioso.

Nessuno mi ha mai trattato come un gioiello. Perché non lo sono. Sono un'estetista combattiva, dura e bugiarda di Tampa, che c'è cascata come una pera cotta.

E ora devo fare la cosa più difficile della mia vita: lasciarlo andare.

11

Gabriel

Ho passato la notte scorsa con Polly, sorprendendola quando sono andato a cercarla nella sua stanza, dato che non era venuta nella mia. Sapevo che era sbagliato mostrarmi lì, con Francesca poco più avanti nel corridoio, ma non sono riuscito a farne a meno. Non posso farmi vedere a fare favoritismi, specialmente dopo aver dato quella spinta al kayak di Polly durante la gara. Polly mi ha confessato di non essere venuta nella mia stanza perché stava cercando di lasciarmi andare. Un bacio è bastato a ricordarci il nostro intenso legame.

Vorrei che fosse al mio fianco stasera. Mio padre ha avuto un peggioramento e io sono tornato in quel posto buio pieno di disperazione. So che Polly mi sarebbe di conforto e so anche che non sarebbe la benvenuta nella sua suite privata. C'è un medico con lui adesso, che lo sta aiutando a stare un po' più a suo agio, con un antidolorifico. Non sono pronto a perderlo e so che mia madre ne sarà distrutta. Sono una squadra. Temo che lei perderà la voglia di vivere senza di lui, proprio come ha perso il desiderio di governare senza di lui. Tutto ciò che voglio io è che stia meglio.

Arrivo nella suite dei miei genitori e mi portano in fretta

nel loro salotto. Mia madre è accanto al letto di mio padre e sta facendo qualche domanda al medico.

Cammino avanti e indietro nella stanza. Non ho mai pensato che avrei veramente voluto veder continuare questi barbari giochi nuziali, ma eccomi qui, sei giorni dopo e mi rattrista che siano finiti perché dovrò dire addio a Polly. In assenza di Polly, Francesca diventerà automaticamente la mia sposa. Ho chiesto a Polly di restare per il fine settimana per rimandare l'inevitabile. Mi sto prendendo in giro da solo, cercando di guadagnare tempo.

Finalmente il medico esce e vado da mio padre. «Come ti senti?»

Il suo sorriso assomiglia più a una smorfia. «Starò bene appena l'antidolorifico farà effetto.»

Mia madre gli stringe la mano con un'espressione triste. «Riposa, amore mio.» Si siede accanto a lui.

Io tiro vicino una sedia e prendo posto accanto a lei, tutti in silenzio per qualche minuto. I miei fratelli e le mie sorelle arriveranno domani. Per la prima volta temo che a mio padre restino solo poche ore invece di giorni o settimane. Non avrei dovuto proteggere i miei fratelli e le mie sorelle da questa dura realtà. Non mi perdonerei mai se non avessero la possibilità di dirgli addio. Grazie al cielo la sua espressione diventa più rilassata una volta che il farmaco fa effetto, e torna immediatamente a parlare del suo argomento preferito.

«Siamo rimasti con due candidate» mi dice. «Tua madre e io siamo d'accordo. Francesca è la scelta migliore.»

Interviene mia madre. «È sempre stata la prescelta e mi sono assicurata che le gare fossero adatte a lei. Ha il regno più grande e ricco e un'alleanza con il suo paese ci metterà nelle condizioni migliori per andare avanti. È anche adatta al ruolo di regina, è stata educata nel modo giusto.»

Le parole inespresse *e Polly non va bene* sono chiare come il giorno. Qualcosa dentro di me si ribella per la prima volta nella mia vita. Sono indifferente nei confronti di Francesca, e prima che incontrassi Polly la cosa non mi avrebbe minimamente preoccupato. Ma devo solo guardare all'amore tra i miei genitori per sapere che è ciò che voglio anche nel mio matrimonio.

«Quindi le gare erano truccate a favore di Francesca?»

Mia madre risponde senza un grammo di rimorso. «Sì.»

Stringo gli occhi. «Perché non scegliere semplicemente lei e finirla lì?»

Lei mi rivolge un sorrise triste. «Tuo padre aveva bisogno di qualcosa che lo invogliasse a vivere.»

«Mi sono divertito immensamente» dice mio padre, prima di venire colto da un accesso di tosse. Mia madre lo aiuta con un sorso d'acqua.

È semplice quanto è contorto. Un piccolo barlume di gioia nella sua sofferenza. È l'unico motivo per cui ho accettato la gara in primo luogo, anche se non penso lo avrei fatto se avessi saputo che era truccata. Ma allora non avrei conosciuto Polly. Non riesco nemmeno ad arrabbiarmi molto per il loro inganno perché Polly mi ha portato una grandissima felicità, conforto e, sì, amore.

Quando mio padre è nuovamente tranquillo, parlo io. «Non sono sicuro di Francesca. Forse potremmo rimandare, fare qualche sondaggio attraverso i canali reali.» Ho bisogno di tempo per organizzare qualcosa con Polly.

La voce di mio padre è rauca. «Metti fine ai giochi. Fai la scelta giusta, Gabriel.» I suoi occhi si chiudono lentamente. «Resta poco tempo» mormora prima di addormentarsi.

Mia madre si appoggia allo schienale della poltrona e chiude gli occhi. Probabilmente non dorme molto, sempre vigile di fianco a mio padre ogni volta che sta male. Le stringo la spalla. Lei mette la mano sopra la mia e me la stringe, prima di lasciarla andare.

Adesso non è il momento per ribellarsi. So che cosa devo fare: sposare la donna che hanno scelto per me, tranquillizzare mio padre. Mi alzo, saluto entrambi con un cenno della testa e prendo congedo.

Cammino nei lunghi corridoi del palazzo, irrequieto, spinto da un'energia nervosa. Conosco il mio dovere, so quali sono le mie responsabilità, ma non riesco a rassegnarmi ad accettarli.

Un'ora dopo, sono davanti alla stanza di Polly. Provo la porta e non è chiusa a chiave. Entro nella stanza silenziosa. La luce è accesa, ma Polly non c'è. La porta del bagno è aperta. Probabilmente è il tipo da lasciarla aperta, dato che non ha il minimo senso di pudore o decoro. Mi diverte, perché è l'opposto di tutto ciò che ho sempre conosciuto. È la ribelle che non sono mai riuscito a essere.

«Polly?»

Sento uno squittio e lei appare dal pavimento di fianco al letto. Indossa fantastici indumenti da ginnastica, un reggiseno sportivo blu fosforescente e minuscoli short elastici neri. «Salve! Stavo solo facendo i miei plank. Mi schiariscono la testa e mi tonificano gli addominali.»

Il mio sguardo va al suo addome piatto e tonico. Mi prudono le dita dalla voglia di toccarla.

«Hai gli occhi più sensuali che abbia mai visto.» Si avvicina, con i fianchi che ondeggiano, ipnotizzandomi.

L'abbraccio e la bacio con tutta l'intensità di ciò che sto provando. Un bel po' dopo, la lascio andare, continuando a fissarla negli occhi, desiderando che le cose possano andare diversamente, desiderando che ci sia un altro modo. «Hanno scelto la sposa per me: Francesca.»

Lei distoglie lo sguardo, e parla a voce bassa. «L'avevo immaginato. È l'unica rimasta.»

«A parte te.»

Lei si tira indietro. «Dai, sappiamo entrambi che è un vicolo cieco. Non potrei mai essere la regina di Villroy. Non sono adatta a questo posto.»

«Sarai la moglie di qualcun altro un giorno. Di un uomo fortunato.» Sposerà qualcuno del suo regno, probabilmente. O forse sarà costretta a un'alleanza senz'anima tra regni, come me. Sembra tutto sbagliato.

Mi lascio cadere sul letto e appoggio i gomiti sulle ginocchia. «Non posso deludere mio padre. Sta soffrendo e ha bisogno di essere tranquillo.» E poi penso a ciò di cui ha veramente bisogno mio padre, ciò di cui tutti abbiamo bisogno, una nuova vita per Villroy. Sangue nuovo con idee nuove, come aveva detto mia madre. Per la prima volta penso che la natura ribelle di Polly, il suo spirito libero potrebbero veramente essere un vantaggio. Qualcosa di prezioso, non un fardello.

Mi raddrizzo mentre questa nuova idea prende forma. «Forse il fatto che tu non sia fatta con lo stampino è una buona cosa. Potresti aiutare a effettuare i cambiamenti così necessari da queste parti.»

Lei mi fissa con un tale desiderio negli occhi che mi sento speranzoso. Capisce ciò che le sto chiedendo. Se acconsentisse a diventare mia moglie, lotterei per quel diritto. Ma poi distoglie lo sguardo, stringendo le labbra.

«Polly» Non mi piace il tono disperato della mia voce. Non sono mai sembrato così disperato in tutta la mia vita. Niente ha mai avuto tanta importanza.

Lei si siede accanto a me e mi stringe il braccio, come per rassicurarmi. «Francesca è intelligente. È stata l'unica a risolvere il rompicapo di economia. Sono sicura che ti può aiutare in tutto ciò che ti serve. È un'ottima scelta.» La sua voce è tesa. Sta cercando di fare il gesto onorevole e mettermi sulla via giusta.

«È la scelta del re e della regina. Non la mia.»

Lei appoggia la guancia al mio braccio, avvolge il braccio intorno al mio e intreccia le nostre dita. «Grazie per il tuo aiuto, Gabriel. Lo apprezzo e il premio dalla gara di oggi sarà messo a frutto. Ho chiamato casa ed è tutto a posto. Potrebbero salvare una vita.»

Mi sposto di scatto. «Sei in pericolo anche tu?»

«No, qualcuno che mi è molto caro. Non sta per morire, ma ha bisogno del mio aiuto per vivere. Non ti posso dire di più.»

Mi stringo la radice del naso. «Sei una brava persona. E io sono la persona peggiore al mondo perché non voglio darti la libertà.» Lascio cadere la mano e mi volto verso di lei. «Voglio che resti.»

Lei scuote lentamente la testa. «Non sono quella di cui hai bisogno. In fondo lo sai anche tu, lo sanno il re e la regina. Col tempo ti dimenticherai di me.»

«No, Polly. Sarò re e ho bisogno…»

«Di qualcun altro.» Mi lascia andare la mano e si sposta. «Farai il tuo dovere perché sei un uomo d'onore. È nel tuo DNA.»

«Quindi mi rifiuteresti?»

Lei fa un profondo, tremante respiro e fissa un punto sopra la mia spalla. «Sì.»

Le appoggio la mano sulla guancia, voltandola verso di me e trovo i suoi occhi lucidi di lacrime. Non è facile nemmeno per lei. C'è emozione vera lì dentro, che lo voglia ammettere o no.

Non so chi si muove per primo, ma siamo attirati l'uno dall'altro. L'abbasso lentamente sul letto, con le labbra fuse insieme e le sue braccia che mi tengono stretto. Almeno abbiamo questo. Solo ancora per un po'.

Anna

Sto separando i miei vari aspetti, cosa in cui eccello. C'è Anna l'estetista, quella di casa mia, e poi c'è Anna, quella della favola che vive in un palazzo e ruba baci (e molto di più) a un principe ereditario. È sabato notte e il mio volo è prenotato per lunedì mattina. Questo fine settimana sto fingendo di essere un'onorata ospite della famiglia reale. È il solo modo che ho per assaporare il tempo che mi resta qui senza crollare.

Vado nella sala da pranzo per incontrare Gabriel e i suoi fratelli minori per la cena. So che mi hanno convocato perché diano il loro parere sulle potenziali spose. Ci sarà anche Francesca. Sapendo che la decisione è che sarà lei la prescelta mi permette di essere completamente rilassata pur dovendo incontrare tanti nobili in una volta. È stato fatto tutto il necessario per Polly, ed è un enorme sollievo. I fondi necessari sono stati trasferiti alla sua fondazione privata. Lei indirizzerà i fondi come necessario, per assumere un avvocato in gamba. A un certo punto sono sicura che qualcuno noterà che i soldi sono andati a un avvocato in Florida, ma lei spera di essere già lontana da lì prima che succeda. Mi mancherà, ma sono soddisfatta di aver fatto la mia parte per aiutarla a vivere la vita alle sue condizioni.

Gabriel mi sta aspettando, alto e fiero, fuori dalla sala da pranzo. È un uomo che non ciondolerà mai. È bello in modo impossibile, con una camicia bianca, pantaloni grigi e scarpe nere. Arrossisco e ogni mia terminazione nervosa formicola come se avessi toccato un filo sotto tensione. È come se il mio corpo ricordasse la sensazione delle sue mani su di me e solo vederlo riesca ad avere quell'effetto. Me la sono presa veramente brutta. È orribile.

Cerco di alleggerire l'atmosfera. «Salve, splendore. Sono la prima?»

Lui mi sorride con calore e il polso comincia ad accelerare. «Emma e Phillip sono già dentro. Stiamo ancora aspettando gli altri.» Si china e mi bacia la guancia. «Stai benissimo.»

Non riesco a fare a meno di sorridere come una stupida. Indosso un abito verde senza maniche, scollato, che mi copre appena il sedere. Io penso che sia favoloso, ma non è un abbigliamento regale. Gabriel lo apprezza perché apprezza *me*. In un altro tempo, un altro posto, un'altra vita, avremmo potuto avere qualcosa insieme. «Grazie.»

Mi scorta nella sala con una mano sulla schiena. Mi fermo di colpo e gli sussurro. «Non dovresti toccarmi in pubblico. Non è giusto nei confronti di Francesca.» Grazie al cielo non è ancora arrivata.

«Non m'interessa.»

Sta sbagliando. Manderà tutto all'aria per qualcosa che non potrà mai funzionare. Lui non sa chi sono io veramente. Questo posto vanta un albero genealogico che risale ai vichinghi. L'ho letto nella biblioteca reale. I Rourke hanno una storia gloriosa, fondamenta fissate nella roccia, letteralmente, con la prima fortezza vichinga rotonda. I resti della fortezza non sono lontani dal palazzo e sono un promemoria costante delle loro radici. Per quanto abbia sempre desiderato avere fondamenta simili, so che questo non è il mio posto.

Mi affretto ad avanzare, allontanandomi dalla sua mano e sorrido ai suoi fratelli. «Salve, sono Polly. È un piacere conoscervi.»

Phillip, il *royal hottie*, lo riconosco dalle sue moltissime fotografie online, si alza per salutarmi. Mi afferra la mano con calore. Assomiglia a Gabriel, con i suoi folti capelli scuri, meravigliosi occhi verdeazzurro e la mandibola squadrata, solo che la sua espressione è aperta e amichevole. Forse Gabriel sarebbe stato più come Phillip senza il fardello di essere l'erede.

«Ti ho visto quando sei arrivata» dice Phillip. «Eri così incantata da Gabriel che non mi hai nemmeno notato, là nell'atrio.»

Spalanco gli occhi e rivado mentalmente alla scena. Ha ragione. Avevo fatto un passo nel palazzo e mi ero fissata su Gabriel e il suo smoking. Era una presenza talmente magnifica e ipnotica che non mi ero nemmeno resa conto delle persone dietro di lui, che si erano confuse con lo sfondo.

Arrossisco violentemente e Phillip ridacchia. Ci voltiamo entrambi a guardare Gabriel. I suoi occhi sono dolci mentre guardano i miei e ha un sorriso sulle labbra. Non riesco a fare a meno di sorridergli stupidamente anch'io. Continua a essere ipnotico.

«Ho sentito parlare parecchio di te, Polly» dice Phillip.

Distolgo gli occhi da Gabriel, con riluttanza. «Tutte cose buone, spero!» Sono molto dubbiosa. La regina probabilmente ha dato in escandescenze parlando della mia scorrettezza.

Phillip sorride ma non commenta. Invece fa un cenno verso Emma, seduta al tavolo davanti a lui. Emma ha l'aspetto di una vera principessa: lunghi capelli scuri nitidamente divisi in mezzo, grandi occhi nocciola, nasino all'insù, labbra piene. Il suo vestito è pudico, un tubino rosa con le maniche corte.

Mi sorride, restando seduta. «Salve, Polly. Sono Emma.

Abbiamo guardato una parte della gara in video stamattina. Sei un'atleta. Sei veramente motivata a vincere per avere il diritto di sposare il vecchio lagnoso Gabriel?» Lo dice ammiccando al fratello.

«Il fatto che le gare fossero filmate avrebbe dovuto essere un segreto» replica Gabriel, rimproverando gentilmente la sorella. Deve volerle veramente bene perché di solito è molto più brusco con chiunque altro. Non più tanto con me. È ciò che fa il sesso a un uomo. Lo ammorbidisce. Mmm, in effetti fa il contrario… *Smettila di pensare al sesso con Gabriel!*

Emma si porta una mano alla bocca, sgranando gli occhi. «Mi dispiace.»

«Nessun problema» risponde Gabriel. «Polly lo sapeva. Solo non parlarne una volta che arriverà Francesca.» Estrae da sotto il tavolo una sedia per me. «Polly.»

Prendo la sedia che mi offre e lui siede a capotavola, alla mia destra. Emma è di fronte a me. Phillip cambia posto per sedersi accanto a me, attirandosi una smorfia da Gabriel.

«Emma ha un matrimonio combinato fin da quando aveva sedici anni. Si sposeranno appena avrà compiuto venticinque anni, tra pochi mesi.»

«Sei serio?» Non riesco a reprimere la meraviglia. Posso capirlo con l'erede, ma più avanti nella linea di successione sono ancora obbligati a matrimoni combinati?

Gabriel è pragmatico. «È il modo preferito. La recente gara nuziale è una vera e propria eccezione. I miei fratelli non sono tenuti ad accettare. Possono chiedere un candidato più consono. Emma ha accettato senza fare questioni il marito scelto per lei. È stata la più corretta delle principesse.» Il suo linguaggio adesso è più preciso. Mi domando se diventi meno formale man mano che si sente a suo agio. Con me, nel buio della notte, sembra diverso: caloroso, informale, addirittura licenzioso. Il mio preferito.

«Faccio il mio dovere, com'è giusto» replica Emma.

«Siamo simili da questo punto di vista» dice Gabriel, guardando affettuosamente sua sorella.

«Gli unici due in questa generazione» dice Phillip. «Tutti

gli altri hanno rifiutato l'accordo. Voi due siete proprio attaccati al protocollo, vero?» Si rivolge a me. «Emma non è nemmeno tra i primi in linea di successione, ma le piacciono le regole e l'idea di portare avanti la tradizione.»

Emma rivolge a Phillip uno sguardo duro. «Senza regole il mondo sarebbe nel caos. Le nostre tradizioni sono ciò che ci sostengono, Villroy ha una storia lunga e gloriosa e non ho intenzione di permettere che svanisca sotto i miei occhi.»

«Sei d'accordo, Polly?» chiede Phillip.

La verità è che riesco a capire entrambe le posizioni. C'è libertà nel poter prendere le proprie decisioni, ma c'è anche qualcosa di bello nel prendere il proprio posto in una storia venerata. A Villroy quel senso di tradizione radicata deve dar loro un senso innato del loro posto nel mondo. Poi penso a Gabriel e costruisco la mia risposta in modo da metterlo sulla giusta strada.

«Immagino che le regole e la tradizioni possano essere importanti.»

Gli occhi di Phillip scintillano di buon umore. «Ah, sei una che segue le regole?»

Rido, quasi grugnendo. «No.» *Oops, sono stata troppo "io".* «Voglio dire, sì. Sono stata educata a seguire il protocollo del mio regno.» Devo ricordarmi di attenermi al copione principesco. Phillip mi sorride. «Ma non è facile, giusto?»

Rido. «Giusto.»

«Allora, parlami di te. Sei cresciuta negli Stati Uniti?»

Ho tutti gli occhi puntati su di me. Non posso incasinare tutto per Polly, a questo punto del gioco. Meno dico, meglio sarà. «In parte.»

«Come mai?»

Mi limito a risposte concise. «L'educazione.»

Phillip annuisce una volta. «Nostra sorella Silvia ha studiato negli USA. Devi esserci stata parecchio per aver assunto l'accento.»

«Mmm.» Mi concentro sul tovagliolo che mi sto sistemando in grembo e ordino alle mie guance di smetterla di arrossire. È la prima volta in cui devo rispondere a tante domande dirette su Polly.

La porta della sala da pranzo si apre. Salva! L'arrivo di non uno, non due, ma *tre* principi attraenti è una visione gradita. Sono vestiti in modo simile con camicie button-down e pantaloni eleganti, tutti hanno gli stessi folti capelli castano scuro e fisici alti e muscolosi. Uno ha una barba curatissima; gli altri solo un velo di barba sexy.

«Ecco lo scapolo reale, stella del reality show dei Rourke!» esclama quello con la barba più lunga, indicando Gabriel. Finge di avere un microfono in mano. «Chi sceglierai, Polly o Francesca?»

Gabriel gli lancia un'occhiataccia. «Idiota, avrebbe dovuto essere un segreto. Fortunatamente per te, Polly lo sapeva già. *Non* dire niente sul reality davanti a Francesca. Arriverà da un momento all'altro.»

Il barbuto mi sorride, assolutamente non pentito. I suoi occhi sono dello stesso colore acquamarina di Gabriel. «Mi dispiace e salve, principessa Polly. Io sono Lucas.» Mi stringe la mano e poi si volta a guardare Gabriel. «Abbiamo tutti visto lo spettacolo quando siamo andati a trovare papà. Però hanno dimenticato di inserire la cerimonia della rosa.»

«Basta» dice Gabriel.

Lucas gli rivolge un saluto militare e poi si rivolge a me, indicando con il pollice i nuovi arrivati. «Quello brutto è Oscar; quello subdolo è Adrian.»

Oscar mi sorride ed è favolosamente attraente. Sinceramente, se dovessi scegliere, direi che dovrebbe essere lui a essere chiamato il *royal hottie* dalla stampa. Gabriel è ovviamente il più bello, ma lui è superiore a tutte quelle stupidaggini.

Oscar mi prende la mano e bacia il dorso. I suoi occhi acquamarina sono calorosi quando mi guarda. «Spero solo un giorno di trasformarmi da brutto anatroccolo in cigno. Sono così lieto di conoscerti, Polly.»

Io arrossisco, davvero. «Grazie. È lo stesso per me.»

Adrian mi saluta con calore (questo ha gli occhi nocciola), prima di sedersi accanto a Emma.

Mi volto verso Gabriel e sussurro: «Perché ha chiamato subdolo Adrian?»

«È un giocatore d'azzardo professionista.»

«Ah.»

«Silvia è appena arrivata» dice Lucas a Gabriel. «È andata direttamente da nostro padre.» È la sorella più giovane, la gemella di Adrian.

Gabriel inclina la testa.

«Ci sono tutti, giusto?» chiedo a Gabriel. «Dov'è Francesca?»

«Non lo so.» Gabriel fa un cenno a un servitore perché vada a controllare.

Mi sento invadere da una sensazione di disagio. E se se la fosse filata? O si fosse ammalata? Non credo di poter restare l'unico obiettivo di cinque principi e una principessa senza fare qualche scivolone.

Lucas sorride a Gabriel, con i denti bianchi che lampeggiano contro la barba scura. «Non riesco a credere che proprio tu abbia accettato questa gara. Temporanea infermità mentale? È l'unica spiegazione ragionevole.»

«Era il minimo che potessi fare per nostro padre, date le sue condizioni» dice Gabriel.

«Pensavo non dovessimo parlarne con gli estranei» sussurra Emma.

Tutti gli occhi si puntano su di me. Io guardo Gabriel.

Lui espira violentemente. «L'ho detto a Polly perché sta passando qualcosa di simile con suo padre.»

I suoi fratelli mormorano parole di conforto. Io annuisco, sbattendo in fretta le palpebre pensando a Mike.

Gabriel continua. «Questa competizione gli ha regalato un po' di felicità nei suoi ultimi giorni. Mi dispiace di avervi nascosto la verità. Non gli resta molto tempo.»

Di colpo, l'importanza per Gabriel di scegliere la moglie giusta mi colpisce in pieno. Sapevo che suo padre era in cattive condizioni, ma non mi ero resa conto che fossero i suoi ultimi giorni. Non mi meraviglia che abbiano messo in piedi questa folle competizione, restringendo la gara a due in una sola settimana. Deve scegliere Francesca. Sento la bile che mi sale in gola. Sapevo che avrebbe sposato un'altra, ma è difficile digerire il fatto che accadrà così presto.

«Cosa!?» esclama Lucas. «Sono andato a trovarlo poco fa e non ne ha fatto parola. In effetti, si è messo a scherzare con me.»

«Vi sta proteggendo anche lui» dice Gabriel. «Vuole che vi godiate la vita. Io voglio che abbiate la possibilità di dirgli addio.»

Nella stanza cade il silenzio.

«Sono veramente i suoi ultimi giorni?» chiede Phillip. «È ciò che ha detto il medico?»

«Il medico dice che non c'è altro che si possa fare» dice francamente Gabriel. «Sta decisamente peggio, soffre di più, dorme di più, si sta consumando.» Gli manca la voce e a me si stringe la gola per lui. Si schiarisce la voce. «Dobbiamo prepararci per il futuro di Villroy. Dobbiamo essere pronti.»

C'è un altro lungo silenzio mentre la terribile verità si fa strada nelle loro menti. Sono contenta che i suoi fratelli lo sappiano. Gabriel ha sopportato il fardello da solo per troppo tempo. Ora possono confortarsi a vicenda.

Lucas fa un gesto, indicandomi. «Immagino che tu faccia parte del futuro. Gabriel si è confidato con te. Non si è confidato con nessun altro.» Dice l'ultima frase con un po' di amarezza. Non posso biasimarlo. Deve essere tremendo essere lasciati all'oscuro di una cosa così importante.

Mi agito sulla sedia, con il cuore stretto perché so di non far parte del futuro di Gabriel. «In effetti, Francesca è un'ottima candidata. Ho detto a Gabriel che dovrebbe scegliere lei.» La mia voce si spezza e lo copro con una bella e grossa bugia. «Auguro a entrambi tutto il bene del mondo.» Ciò che vorrei veramente è che Gabriel non fosse il principe ereditario, legato al dovere e agli obblighi. Non riesco a guardarlo, ma sento i suoi occhi su di me.

«Non sarà Gabriel a decidere però, vero?» chiede Emma.

«Essendo l'erede dovrà avere l'approvazione del re e della regina.»

«Anche loro vogliono Francesca.» Guardo Gabriel. «È quello che hai detto.»

Gabriel stringe le labbra.

«Ehi?» Lucas guarda alternativamente Gabriel e me prima di chiedergli: «Se hanno già preso la decisione, allora perché stiamo incontrando tutti Polly?» Si volta a guardare me. «Non che non voglia cenare con te, ma pensavo dovessimo fare rapporto…»

«Lucas!» esclama Emma. «Come sei scortese. Polly, siamo tutti veramente felici di conoscerti, gara a parte. Forse potremmo cominciare col bere tutti qualcosa.» Fa un cenno a un servitore.

«Buona idea!» Sto praticamente urlando.

Si voltano tutti a guardarmi.

Io roteo un dito per aria: «Facciamo festa!»

Gabriel resta serio e composto, ma i suoi fratelli si mettono a ridere. Emma arriccia le labbra, probabilmente perché non mi sto comportando da brava principessa.

Sarà un tale sollievo non dover più fingere. Ma significherà niente più Gabriel… mi dico basta. Mi godrò questa serata come ospite della famiglia reale. Punto.

12

———

Gabriel

È chiaro ancora prima che arriviamo al dessert che Phillip adora Polly. In effetti è talmente pappa e ciccia con lei e, sì, sta anche flirtando, che riesco a malapena a sopportarlo. Francesca è arrivata ed è seduta accanto ad Adrian, anche se parla perlopiù con Emma. Le due donne vanno molto d'accordo, entrambe sono state allevate con lo stesso senso di proprietà e decoro. Non riesco a credere che a un certo punto fosse ciò che volevo veramente in una sposa.

Oscar si alza da tavola. «Qualcuno vuole venire con me sul tetto per un drink?» È sempre pronto per continuare a far festa.

Voglio Polly tutta per me, ma non posso farlo capire con Francesca qui. Sto per dire che sono stanco quando Polly dice: «Certo!»

Lui sorride, va da lei, le porge la mano per aiutarla ad alzarsi, giocando a fare il principe gentiluomo. Un altro dei miei fratelli che dovrò tenere d'occhio. Pensano tutti che io sia destinato a Francesca, e quindi di avere campo libero con Polly. Ma, maledizione, non ho intenzione di dividerla con loro nel nostro ultimo fine settimana insieme.

«Una ragazza che la pensa come me» dice Oscar, «Ti

piacerà lassù. C'è un giardino pensile e il panorama è spettacolare. Si vede l'intera isola.»

«Vengo con voi» dice Phillip.

Vogliono andare tutti, eccetto Emma che torna nella sua stanza. È molto rigida sull'ora di andare a letto, e mantiene sempre lo stesso orario, giorno dopo giorno. Non la giudico. È l'unica di noi che è sempre riposata e vivace al mattino. Silvia è rimasta con nostro padre, preoccupata per il cambiamento dopo la sua ultima visita, sei mesi fa. Vive negli Stati Uniti adesso, con suo marito e non sapeva quanto fossero critiche le condizioni di nostro padre.

Mi alzo. «Verrò anch'io.» Mi rivolgo a Francesca. «Vuoi venire?»

«Certo» mormora, con gli occhi bassi. «Se lo desidera, Altezza.» Sarà una moglie gradevole, tranquilla, modesta, raffinata. Tutto ciò che non è Polly.

«Ci darà il tempo per conoscerci meglio.» Le parole hanno un sapore amaro nella mia bocca. Aspetto mentre parla per un momento con la sua cameriera, una donna anziana che sospetto sia la sua chaperon. È sempre stata con lei. Polly va con i miei fratelli, salutandomi con una mano.

Inclino la testa, a denti stretti. Tutto ciò che desidero è tornare nella mia stanza con Polly. Sono diventato un maniaco sessuale a causa sua. Ogni volta che stiamo insieme è più bollente della precedente. Lei non si tira indietro e io divento sempre più avido. Mi sento caldo solo al pensiero. Mi costringo a pensare a cose spiacevoli, come noiose cene di beneficenza piene di chiacchiere inutili. Rabbrividisco. Detesto i discorsi di circostanza.

Finalmente Francesca e la sua cameriera sembrano aver raggiunto la decisione di salire entrambe sul tetto. Le accompagno a passo svelto attraverso l'ala est e saliamo le scale verso il giardino pensile. Può ospitare cinquanta persone ed è strettamente riservato alla famiglia reale. Anche se Phillip ha dato qui una festa di addio al celibato per l'ultimo disastroso matrimonio celebrato a palazzo. Ha fatto un mucchio di cose che non avrebbe dovuto fare, nel tentativo di lanciare Villroy come meta per i matrimoni. Dovrei essere grato che sia stato un vero disastro perché perfino lui ha dovuto ammettere che era una pessima idea.

I drink si moltiplicano, le luci incassate nel pavimento di pietra emanano un bagliore caldo e dagli altoparlanti esce musica jazz a basso volume. È una bella serata di giugno, le stelle scintillano nel cielo e il momento sembra romantico. *Da quando sono diventato romantico?* Forse sapere che sto per perdere mio padre mi ha reso più emotivo. O forse è *lei*.

Mi cade lo sguardo su Polly, che sta ridendo di qualcosa che ha detto Phillip. Sorrido, semplicemente guardandola ridere. È luminosa, bella nel suo modo aperto di godersi la vita. Lentamente, ho la sensazione che qualcuno mi stia osservando. Mi volto e vedo Francesca che mi fissa. È a poca distanza da me. Non sono stato giusto con lui.

Vado da lei. «Ti piacerebbe ballare?»

Lei sembra a disagio. «Non sta ballando nessuno, Altezza.» Abbassa gli occhi sulle mie scarpe. «Non sarebbe educato.»

«Molto bene. Posso offrirti qualcosa da bere?»

«No, grazie.»

Cerco di reprimere la mia irritazione per i suoi modi rigidi e cerco di conversare piacevolmente. «Che ne pensi della gara?»

Lei mi guarda negli occhi per un attimo, prima di distogliere lo sguardo. «È stata… difficile, ma ne sarà valsa la pena, vista la ricompensa.» Intende dire me.

«Grazie.»

Polly emette uno strillo e mi volto proprio nel momento in cui Lucas le sta facendo fare un casqué. I miei fratelli se la stanno passando dall'uno all'altro? Un attimo fa stava ridendo con Phillip. Lucas la rimette diritta e si mettono a ballare un tango veloce. Non riesco a smettere di fissare. Stanno bene insieme e danzano in perfetta sincronia. Sento lo stomaco che si stringe. *Maledizione, lei è mia.*

Oscar dà un colpetto alla spalla di Lucas e gli indica di lasciarla andare. Lucas consegna Polly a Oscar, che comincia a ballare con lei un valzer lento. Da sopra la spalla, Polly sorride a Lucas, che sta mimando un pianto dirotto.

Sono stufo di dividerla. Faccio un passo verso Polly quando Francesca dice: «Non può vincere lei la competizione. Non è adatta a diventare regina.»

Lo so, ma l'ho sentito dire già troppe volte. «Sta a me deciderlo» sbotto e vado da Polly e Oscar senza voltarmi indietro.

«Tocca a me» ringhio a Oscar.

«Niente da fare» dice Oscar. «Ho diritto almeno a questa canzone.»

Lo spingo da parte e lui mi lascia fare, alzando le mani. «Okay, ragazzone» dice con una risata. «Geloso, eh?»

Lo ignoro perché non sono mai geloso. Sono superiore a simili meschinità. Era semplicemente il mio turno. Tiro Polly contro di me, con un braccio intorno alla vita e l'altro che le tiene la mano, mentre la guido in un lento ondeggiare. La tensione che è cresciuta per tutta la sera svanisce di colpo quando l'ho tra le mie braccia.

Lei mi mette una mano sulla spalla e si alza in punta di piedi per sussurrarmi all'orecchio: «Per quanto mi piaccia ballare con te, Francesca mi butterà giù da questo tetto se non ti tiri indietro. Mi sta lanciando stilettate con gli occhi.»

«Le ho chiesto di ballare e ha rifiutato. Ho fatto il mio dovere.»

«Ha rifiutato? Non capisco. Non si rende conto di quanto sei sexy?»

Sorrido, mi piace il suo modo schietto di parlare. «A quanto pare no. Forse mi vuole solo per il mio regno.»

«E io che pensavo che fosse così intelligente.» Si guarda intorno. «Oh no, Gabriel, se n'è andata. Si dev'essere offesa guardandoti ballare con me.» Mi dà una piccola spinta, ma non ho intenzione di andare da nessuna parte. «Vai da lei e scusati. Dovrebbe sapere che tieni a lei.»

Solo che non è così. Per niente. Abbasso la voce. «Potresti restare.»

Lei cerca di staccarsi, ma io la stringo più forte. Polly spalanca gli occhi, implorandomi. «Mi dispiace, io non sono… non posso.» Si dimena tra le mie braccia. «Prendiamo qualcosa da bere!»

«Dopo il nostro ballo.»

Lei sospira in modo drammatico, ma un attimo dopo appoggia la guancia sul mio petto, proprio sopra il cuore. Non è indifferente. È perfino possibile che ricambi la profondità dei sentimenti che mi travolge ogni volta che la vedo.

Abbasso la testa e le sussurro. «I miei genitori avevano un matrimonio di convenienza che si è trasformato in amore. È ciò che voglio anch'io.» Trattengo il fiato. Le sto dicendo che sono innamorato di lei, con il cuore che ondeggia nel vento.

Lei si stacca, incrociando strette le braccia. «Quello con Francesca è il tuo matrimonio combinato che potrebbe trasformarsi in amore, se solo le darai una possibilità.»

Ogni parte di me si tende verso di lei, corpo, cuore e anima. «Io voglio te, Polly. Io amo te.»

Lei mi fissa, accigliata, sembra che stia cercando di non piangere.

Mi avvicino, voglio tenerla ancora tra le braccia, cancellare il dolore dai suoi occhi. «Polly.»

«Non farlo» sussurra. «Io non merito il tuo amore.»

«Che cosa significa?»

«Allora, è finito il tuo ballo?» chiede Phillip, apparendo dal nulla. «È il mio turno.» Offre la mano a Polly e lei la prende con un sorriso tirato.

Me ne vado irritato e mi verso un whisky dal carrello dei liquori. Non che m'importi che Phillip stia ballando un lento con Polly. Okay, m'importa. Troppo. È che non vuole prendere in considerazione l'amore come fattore più importante di tutti gli altri orpelli della mia vita. Ovvio che sia degna del mio amore. È tutto ciò che potrei mai volere, tutto ciò di cui ho bisogno.

Oscar e Lucas mi raggiungono davanti al carrello dei liquori. «Ehi, principe azzurro» dice Lucas scherzoso.

«Ehi, salve» risponde Oscar.

Ridono insieme. Lucas dà una gomitata a Oscar. «Sai che cosa intendo, signor Scopa-nel-culo.»

Io ho gli occhi incollati a Polly. «Fanculo» ringhio ai miei irritanti fratelli minori. Quando nessuno dei due si muove, aggiungo un'occhiataccia.

Mi ignorano allegramente. Lucas si versa un po' di scotch. Oscar alza il suo bicchiere e Lucas ne versa un goccio anche a lui. Sorseggiano e si voltano a osservare Polly. Lo faccio anch'io. È innegabilmente sexy mentre balla sotto la luna, il corpo sensuale in ogni movimento mentre Phillip le prende la mano e la guida in una lenta piroetta. Phillip ha sempre avuto un mucchio di donne ai suoi piedi con il suo fascino cordiale. Peccato che sia monogamo in fondo al cuore perché non gli è andata molto bene. La sua relazione quinquennale è finita con una rottura pubblica spettacolare per l'ex coppia d'oro. Lui era distrutto, ed è probabilmente il motivo per cui si è scatenato in giro per l'Europa, incitando una tempesta di attenzioni da parte dei media. Adesso si sta calmando, forse è pronto per un'altra relazione. Non con Polly però.

«Polly è fantastica» dice Lucas.

M'innervosisco. Non sono dell'umore giusto per le loro prese in giro.

«Oh, sì. Fantastica» aggiunge Oscar.

Rivolgo loro un'occhiataccia. «Smettete di parlare di lei.»

Oscar sorride. «Dici che gli piace *piace?*»

«Stai zitto.» Gli do una sberla sulla testa. È un tale stronzetto.

«Seriamente» dice Lucas, «chiunque riesce a vedere il desiderio nei tuoi occhi quando si tratta di lei. E lo capisco, ma non ha la stoffa per essere regina. Ha effettivamente una personalità invece della maschera da brava principessa.»

«E i suoi vestiti sono sexy» dice Oscar. Lucas concorda.

Li ignoro. Stanno cercando di provocarmi.

Lucas continua, diventando filosofico. «Anche se si riuscisse a farle fare una trasformazione completa, non sono così sicuro che sia roba per Gabriel.»

«Più adatta a Phillip» aggiunge Oscar.

Polly e Phillip stanno bene insieme, sono a loro agio e naturali, anche se si sono appena conosciuti. Stanno parlando come se fossero vecchi amici. *No.* Tutto in me si ribella a quel pensiero. Non sono mai stato un ribelle finché ho conosciuto Polly. Forse non ho mai avuto bisogno di esserlo.

Mi rivolgo ai miei fratelli. «Siete entrambi degli idioti.»

Lucas si accarezza la barba, pensieroso. «Non lo so. Phillip assomiglia un po' troppo a Gabriel e Polly mi sembra giovane.»

Phillip fa fare a Polly una lenta piroetta e le sorride come se lei fosse la cosa migliore che gli sia capitata da anni.

Lucas insiste. «Penso che quello più compatibile sarebbe…»

«Io» dico a denti stretti. «Non m'interessa cosa…»

«Altezza, mi piacerebbe ballare adesso.»

Mi si rizzano i peli sulla nuca, mi volto lentamente e vedo Francesca. Quanto ha sentito? Cazzo, pensavo che se ne fosse andata. È da sola adesso, niente chaperon. Deve aver solo fatto una piccola pausa per non vedermi ballare troppo stretto con un'altra donna. Mi rimorde la coscienza. Non le ho dato una vera possibilità. Il mio cuore è già impegnato. Chi sapeva che potesse succedere così in fretta, così completamente? Il minimo che posso fare è trattare decentemente Francesca. Probabilmente si è liberata dalla chaperon solo per poter ballare con me.

Le prendo la mano e la porto a ballare in un angolo tranquillo. È rigida, la sua mano è fredda, i movimenti precisi. Chiaramente ha preso lezioni di danza.

Dopo qualche minuto, la sua mano rimane gelata. Il sole è tramontato, anche se trovo che la temperatura sia ancora gradevole. «Hai freddo?» le chiedo. «Potremmo rientrare.»

«Ho un po' freddo, Altezza.»

«Ti scorterò dentro. Solo un momento.»

Vado dove Phillip e Polly stanno chiacchierando amichevolmente. Mi rivolgo a Phillip, ma in realtà sto dicendo ciò che voglio senta Polly. «Riporto Francesca nella sua stanza e poi torno.»

«Fai con calma» dice allegramente Phillip.

Polly mi rivolge un sorriso appena accennato prima di voltarsi.

Torno a fare il mio dovere, con i piedi sempre più pesanti a ogni passo.

Anna

Mi volto a ogni minimo suono, sperando di rivedere Gabriel, ma no. È passata più di un'ora e non è tornato dopo aver accompagnato Francesca nella sua stanza. Mi dico che è meglio così. Si sta comportando nel modo giusto per stabilire un buon rapporto con la sua futura sposa. Cerco di divertirmi con Oscar, Lucas, Phillip e Adrian. Questi quattro sono uno spasso. Adrian ci ha convinti a giocare a poker e lui e io siamo in coppia perché io sono un vero disastro. Mi ha insegnato parecchio. Comunque la mia mente è costantemente su Gabriel. Mi restano solo due notti a palazzo prima di dovergli dire addio per sempre. È andato nella stanza di Francesca per testare la compatibilità matrimoniale? Detesto avere pensieri simili. Non è mio. Non ho alcun diritto su di lui.

Finalmente mi alzo e prendo una scusa per andarmene. «Ragazzi, è stato favoloso, ma sono veramente esausta. Vado a dormire.»

«Oh, è ancora presto» dice Adrian mescolando le carte. «Ancora una partita.»

«Anche con i tuoi insegnamenti, temo di fare ancora schifo» gli dico ridendo. «Spero di vedervi domani.»

«Saremo qui» dice Adrian, distribuendo le carte. Si ferma, alzando la testa, e dice, con la voce roca e un po' amara: «Nessuno vuole allontanarsi molto ora che sappiamo la verità sulle condizioni di nostro padre.»

È arrabbiato per essere stato lasciato all'oscuro. Lo sono tutti, immagino. «Penso che Gabriel stesse tentando di proteggervi, in quel suo modo da fratello maggiore» dico cercando di difenderlo.

Adrian fa una smorfia. «Non è solo lui. Anche i nostri genitori ci hanno tenuto all'oscuro. Non siamo bambini.»

Non so che cosa dire. È una situazione orribile, irrimediabile. «Mi dispiace.»

Lucas alza la testa e mi guarda. «Di' la verità, Polly, vuoi veramente sposare mio fratello? Non sembra assolutamente il tuo tipo.»

Mi indigno. «Che cosa te lo fa pensare?»

Lui inarca le sopracciglia. «Sai che cosa voglio dire. Tu sei divertente, lui no.»

«Non dovresti essere così duro con lui» sbotto. «Ha un fardello molto pesante sulle spalle, da tutta la vita. Non dovresti presumere che solo perché non si lamenta significhi che è stato facile per lui. È forte, talmente forte che non sapreste mai che cosa succede dietro la sua maschera d'impassibilità.» Le parole continuano a uscire. «È tutto ciò che dovrebbe essere un re. Un uomo d'onore. E pensi che non sia il mio tipo? Sarei fortunata ad avere un uomo simile.» *Ma non posso averlo.* Mi si chiude la gola e non riesco a pronunciare un'altra parola.

Quattro paia di occhi mi fissano con aperta curiosità.

«Va tutto bene?» chiede Phillip.

«Gabriel merita il vostro rispetto» riesco a dire prima di voltare sui tacchi e scappare.

Appena arrivo al terzo piano so dove andare. Non riesco a farne a meno. Ho bisogno di vederlo di nuovo prima di doverlo lasciar andare per sempre.

La sua porta non è chiusa a chiave. Spero significhi che mi sta aspettando. Spero veramente che sia qui e non nella stanza di Francesca.

La apro lentamente, entro e chiudo a chiave la porta alle mie spalle. Gabriel è a letto, sta leggendo e appoggia il libro sul comodino.

«Mi sono detta di restare lontana» dico senza riflettere.

Gabriel scende dal letto e mi guarda. «Mi sono detto la stessa cosa.»

Corro da lui e mi getto tra le sue braccia, con il cuore che batte contro le costole. Lui mi tiene stretta per un momento, prima di stendermi sul materasso, mentre mi accarezza i capelli e la guancia con un'espressione tenera.

Passa un momento spasmodico di silenzio carico di significato, mentre ci fissiamo negli occhi.

Le sue labbra incontrano le mie, e sono a casa.

13
___

Anna

Crollo sul materasso all'alba, respirando forte, dopo un'altra lunghissima sessione di sesso. Sono molle come uno spaghetto cotto, esausta e più che soddisfatta. Il letto cigola quando Gabriel si alza e va nel bagno annesso. Io sono troppo stanca per muovermi. Qualche minuto dopo torna, mi solleva e mi fa sdraiare sopra di lui, poi tira le coperte, avvolgendoci in un bozzolo caldo. Appoggio la testa sul suo cuore e ascolto il battito regolare.

Lui mi accarezza lentamente la schiena. «Che cosa fai a casa, nel tuo regno?»

Divento tesa. Odio mentirgli.

«Polly?»

Alzo la testa. La luce del sole che si sta levando filtra tra le tende, illuminando il suo bel viso. I suoi occhi sono fissi sui miei, il volto è rilassato, sulle guance la barba è ricresciuta dal giorno prima. Mi piace questa versione meno perfetta, più distesa.

«Devi fare qualcosa» insiste.

«Ho un mucchio di responsabilità e lavoro sodo. Voglio arrivare a ottenere qualcosa di duraturo.»

Lui sorride. «Mi piace.»

Incoraggiata, e continuando a essere me stessa, parlo col cuore. «Non ritengo che lavorare sodo significhi non divertirsi. Cerco di creare un legame con le persone. È importante per la gente sentirsi riconosciuta. Un po' di positività ottiene grandi risultati.» Questo è il segreto della fedeltà delle mie clienti del salone, ma lo tengo per me. Sono sempre stata concentrata sull'obiettivo di risparmiare una certa cifra per poter avere un salone tutto mio prima dei trent'anni, ma alla base c'è qualcosa di più. Tengo molto alle mie clienti. Mi piace farle sentire bene con loro stesse. È sì, sono un'imprenditrice nata, indipendente e motivata.

Gabriel mi appoggia una mano sul viso. «Potresti essere un grande aiuto per Villroy, per me…»

«Parlami dei tuoi giorni scatenati prima di diventare tutto dovere e obblighi.»

«Per favore, prendi in considerazione la possibilità di restare. È tutto ciò che ti chiedo.»

«Ho delle responsabilità a casa, impegni inderogabili. È impossibile.»

«Non impossibile.»

So di non poter lasciare che le cose proseguano. Lui pensa ancora che sia una principessa. Se gli dirò la verità mi odierà. Gabriel è innamorato di una fantasia.

Mi sposto e mi metto seduta. «Dovrei andare.»

Mi afferra un polso. «Resta e ti parlerò dei miei giorni scatenati.»

Gli sorrido, con la morte nel cuore. «Sapevo che dovevano esserci stati.» Mi metto su un fianco, appoggiata sul gomito per ascoltarlo. E poi mi ritrovo a sogghignare quando mi racconta dei suoi scherzi ai fratelli minori, da ragazzo, le sue pomiciate nella stessa caverna dove abbiamo pomiciato anche noi (un classico) e perfino di alcune risse nei bar che gli hanno regalato titoloni sfavorevoli sulla stampa.

«È il motivo per cui ho mantenuto un basso profilo per parecchi anni» ammette. «Mi tengo lontano dalla stampa, lontano dai riflettori, mi sono perfino tagliato la barba per essere meno riconoscibile. Avevo disonorato il mio titolo.»

«Oh, per favore, non potresti mai disonorare il tuo titolo. Tu sei l'onore personificato.» Gli accarezzo affettuosamente il braccio. «Adesso capisco perché non ti ho riconosciuto quando ci siamo visti e pensavo fossi il maggiordomo. Dentro di te devi aver riso come un matto.»

Lui ridacchia. «Avrei potuto, se non fossi stato così incazzato per tutta quella porcheria di matrimonio.»

«Il matrimonio dei peluche! Continua a essere spassoso.»

Ridiamo e poi lui rotola sopra di me e mi bacia. Chiudo gli occhi e lascio che mi trasporti ancora una volta fuori dalla realtà.

Sgattaiolo nella mia stanza domenica mattina un po' più tardi di quanto avessi programmato, sperando di arrivare prima della mia cameriera. Non che m'importi che cosa pensa di ciò che faccio con Gabriel. È tra Gabriel e me. È solo che non voglio causare problemi con Francesca. Solo io potevo innamorarmi di un uomo che non posso avere. Forse è il motivo per cui mi sono aperta con lui, perché era sicuro. Non avrei mai potuto prenderlo seriamente in considerazione. Probabilmente si tratta di qualche profondo trauma infantile causato dall'abbandono, ma mi sento troppo bene per rimuginarci sopra adesso. È sorprendente la profonda felicità di questo momento. Il ricordo della nostra notte insieme resterà con me per tanto, tanto tempo.

Entro nella mia stanza e tiro un sospiro di sollievo. Ancora vuota. Stropiccio le coperte, in modo che sembra che abbia dormito nel mio letto e mi prendo il lusso di una lunga doccia. Sono esausta, dopo stanotte. Ma sapendo che il tempo stava per finire, non volevamo sprecare un solo momento. Chiudo gli occhi sotto lo spruzzo caldo, con la mente che torna a tutti i modi in cui ci siamo dati reciprocamente piacere. Sospiro e li rivivo, momento per momento.

Per quanto ne so non ci sono più gare, quindi dopo la doccia indosso il mio grazioso abitino a righe verde e bianco con i sandali. Forse oggi posso rilassarmi sulla spiaggia. Forse Gabriel e i suoi fratelli potranno raggiungermi. Non è la stessa cosa che essere solo noi due, ma... è ciò che posso ragionevolmente fare, vista la situazione con Francesca.

Qualcuno bussa piano alla porta proprio mentre sto finendo di vestirmi. Probabilmente Anna. È un tipo riservato.

«Avanti!»

Anna entra, fa una riverenza completamente non necessaria e dice. «La regina ha chiesto che vada nel suo salotto privato appena possibile.»

Mi sento invadere dall'eccitazione. L'ultima volta che sono stata convocata nel salotto privato della regina era per incontrare Gabriel. «Vado subito.»

Lei continua: «È veramente la regina questa volta.»

«Che succede?»

«Non lo so. Ha chiesto anche a Francesca di raggiungerla.»

Un vago ricordo mi solletica la mente. Gabriel aveva menzionato domenica che avremmo incontrato la regina. Mi era completamente uscito di mente. «Immagino che farà oggi la sua scelta.»

«Spero sia lei, Altezza» dice Anna con calore, sorprendendomi.

«Grazie, Anna. Lo apprezzo molto. Sono sicura che avrai notato che non sono molto adatta al tipo di vita che c'è qui. A casa mia siamo molto più rilassati.»

«Abbiamo bisogno di scioglierci un po'. Io penso che lei sia perfetta, signora.»

Mi fermo di colpo, con la gola stretta. *Io? Perfetta?* L'abbraccio forte. «Sei la migliore.»

Lei arrossisce e china la testa. Che tesoro.

Arriviamo nel salotto della regina, che non è la stanza dove ho incontrato Gabriel quella volta. Anna fa una veloce riverenza e sparisce.

La regina è seduta su una poltrona dallo schienale alto, vestita impeccabilmente con un abito a maniche corte e un cardigan bianco, probabilmente di cashmere. Ha un'espressione serissima. Gabriel è seduto accanto a lei su un divano azzurro. Mi sorride, ma non arriva agli occhi. Qualunque cosa stia per succedere non sarà bella.

Mi avvicino alla coppia e chino la testa prima alla regina. Faccio pure la riverenza anche se è difficile con il vestito stretto. «Buongiorno, Maestà.»

«Buongiorno» risponde lei in tono asciutto.

Guardo Gabriel. I nostri occhi si incontrano e restano incollati, il mio cuore manca un battito, ho la bocca asciutta e ogni terminazione nervosa freme, elettrizzata, sintonizzata su di lui. Riesco a fare una piccola riverenza. «Buongiorno Altezza.»

«Buongiorno Polly» Solo che sembra che dica *ti amo*. La sua voce calda mi avvolge come un abbraccio. Sento il cuore che batte nelle orecchie e ho le ginocchia molli.

La regina lo guarda inarcando le sopracciglia. A quanto pare ha notato che il suo tono conteneva qualcosa di più.

Gabriel indica il divano azzurro accanto al suo e mi siedo.

Francesca entra con la sua cameriera, a passo misurato, gli occhi bassi. Indossa un abito di pizzo bianco che fa risaltare la sua pelle olivastra. È modesto, con un colletto alto e maniche corte e arriva sotto le ginocchia. Non posso fare a meno di chiedermi se avesse puntato a un look nuziale.

Francesca china il capo alla regina e fa una profonda riverenza, che mantiene per un buon cinque secondi. La mia riverenza dev'essere stata un insulto. Finalmente alza la testa. «È un onore rivederla, Maestà.»

«Grazie. È un piacere vedere anche te, Francesca.»

Francesca sorride prima di rivolgersi a Gabriel. Il suo sorriso svanisce quanto fa un'altra profonda riverenza a lui. «Altezza.»

«Per favore, siediti con Polly» dice Gabriel.

Lei mi rivolge un'occhiata gelida prima di sedersi dall'altra parte del divano, lontano da me. La sua cameriera incombe dietro di noi.

«Vorrei un po' di privacy» annuncia la regina, indicando al personale di uscire dalla stanza. Alcune guardie di sicurezza e i servitori che l'avevano aiutata in precedenza con le gare escono immediatamente. «Anche tu» dice seccamente alla cameriera di Francesca.

La cameriera dà un'occhiata significativa a Francesca, quasi fosse una madre che dice alla figlia *comportati bene*, prima di fare una riverenza alla regina e a Gabriel e uscire.

La regina raccoglie le mani in grembo e ci rivolge un sorriso appena accennato. «Ho chiesto a entrambe di venire qui questa mattina per un colloquio finale. La vostra risposta porterà una delle due a essere nominata futura sposa del principe ereditario, quindi riflettete attentamente prima di rispondere. Prima, qualche informazione. Villroy ha bisogno di dare un impulso alla sua economia. Dipendiamo da secoli dalla pesca. È parte integrante del nostro tradizionale modo di vivere. Sfortunatamente, la popolazione ittica sta declinando e questo significa che i pescatori devono arrivare sempre più lontano, in acque più profonde. Significa più lavoro e meno pescato.»

Continua Gabriel. «Stiamo perdendo la generazione più giovane, che parte alla ricerca di lavori migliori. Ci servono migliori opportunità per loro, qui. Un regno fatto solo della generazione più vecchia si esaurirà presto.»

La regina inspira tra i denti. Penso al marito morente e capisco meglio perché sia sembrata sempre così tesa ogni volta che l'ho vista. Ovviamente potrebbe anche essere in parte la sua reazione nei miei confronti. Sembro infastidirla.

Francesca e io aspettiamo in silenzio che faccia la domanda. Lei è sul bordo della poltrona. Io no. Non ho intenzione di preoccuparmi. Dirò la prima cosa che mi viene in mente. Se per qualche insana ragione la regina dovesse scegliere me, cosa che dubito, mi ritirerò. Ma non sarò mai così irrispettosa da andarmene senza rispondere a una domanda che è così importante per la regina, personalmente.

Finalmente dice. «Se foste la futura regina, che cosa fareste, insieme con vostro marito, per assicurare la vitalità dell'economia di Villroy?»

Io mi butto, dicendo la prima idea che mi viene in mente. «Oh, io lo so! È ciò che piacerebbe a tutti i borghesi, vivere la vita da aristocratico nel palazzo per una settimana. Che sia una vacanza tra amiche o per la luna di miele. Un soggiorno di una settimana, a un prezzo esorbitante. Non sarebbe come la folla a un matrimonio, solo un piccolo gruppo selezionato.» Mi sembra una cosa nelle mie corde, quindi non posso fare a meno di aggiungere. «Includendo anche un trattamento di bellezza completo, capelli, trucco, unghie, trattamenti per il viso. Quasi come una spa. Beh, una cosa per volta. Probabilmente si potrebbe cominciare con un'estetista che possa fare tutto.» Mi rendo conto di colpo che sto descrivendo me stessa e l'idea francamente mi piace. «E prodotti di bellezza speciali da poter comprare da riportare a casa, che contengano qualcosa originario di Villroy. Sì. Potreste anche costruire una day-spa, con prodotti locali, vicino alla spiaggia, ma lontana dal palazzo.»

So che Gabriel non vuole folle di turisti che scorrazzino per tutto il palazzo.

Sia la regina sia Gabriel mi stanno fissando e le loro espressioni non rivelano niente. Non so se stanno pensando che sia l'idea più stupida che abbiano mai sentito o se li ho solo sorpresi. Adesso dovrei stare zitta, ma ho la testa piena di idee, «Ho sentito che l'olio di pesce può fare miracoli, sia per uso interno sia esterno.»

Segue un lungo silenzio.

Francesca guarda. «Hai finito?»

«Sì.»

Lei si rivolge alla regina. «Maestà…»

«Le alghe sono un'altra possibilità» dico interrompendola. «Scrub con sale marino naturale.» Ho la sindrome di Tourette dell'estetista, se mai esiste una cosa simile. Sembra che non riesca a fermarmi.

Francesca mi lancia un'occhiataccia.

«Ora ho finito.» Serro la bocca, anche se ho appena avuto un'altra grande idea per una linea di prodotti per la day-spa: spugne di mare. Ogni prodotto dovrebbe essere completamente naturale e di origine locale. I pescatori sarebbero ancora coinvolti, ma per prodotti diversi.

Francesca torna a rivolgersi alla regina. «Maestà, so che Villroy ha una storia lunga e fiera. Voglio preservare quel modo tradizionale di vivere. La mia idea è di finanziare una nuova potente flotta di navi da pesca che permetterebbe ai pescatori di riportare più pescato dalle acque che finora non potevano raggiungere. Sarei lieta di contribuire personalmente a questa flotta.» Dà un'occhiata a Gabriel che annuisce una volta prima di abbassare gli occhi.

Lei è tutto ciò che io non sono: ricca, tradizionale, corretta dalla testa ai piedi. Non è mai stata una gara. Lei è nata per questo ruolo. Io sono nata con niente. Vengo dal nulla, ma farò qualcosa della mia vita. Ho *già fatto* qualcosa della mia vita. Ho lavorato duramente ogni giorno per arrivare dove sono oggi, ma per quanto lavori non potrò mai diventare ciò che non sono.

Mi alzo in piedi, attirando l'attenzione di tutti. «Per me è chiaro che Francesca è la scelta migliore, in ogni senso. Mi ritiro dalla corsa.»

Francesca si permette un piccolo sorriso continuando a guardare diritto davanti a sé.

La regina dice. «Molto bene. Francesca è la vincitrice. E, Polly, se non fossi stata così pronta a dichiararti battuta, avrei comunque scelto lei. Preferisco di gran lunga mantenere il nostro modo di vivere piuttosto di avere gente che passeggia per la nostra casa.»

Io chino la testa. «Grazie per avermi ospitata nella vostra bella casa. Addio.»

«Aspetta!» Gabriel è in piedi. «Polly, non andare.»

«Gabriel» lo prego. Sta per rendere tutto più difficile. Lo vedo nel suo sguardo disperato.

«L'idea di Polly potrebbe funzionare» dice a sua madre. «E un soggiorno di una settimana non sarebbe un inconveniente maggiore di una settimana di gare. Dentro e fuori prima che ce ne accorgiamo. È come l'idea di Phillip, ma migliore, su scala inferiore e più controllata. E l'idea della day-spa è brillante! C'è tanto opportunità di crescita e potrebbe incorporare l'industria ittica attraverso la linea di prodotti di bellezza. È una prospettiva autentica. Non è come se diventassimo una specie di resort. La spa potrebbe attirare turisti giornalieri dalla terraferma.» Mi guarda, con gli occhi pieni d'amore. «Sei brillante.»

Sento gli occhi bollenti. «Oh, Gabriel, sei brillante anche tu. Ammiro tantissimo te e tutto ciò che fai.» Ho la voce roca, sapendo che devo lasciarlo andare.

«Io scelgo Polly» dichiara.

Non riesco a respirare. *Non farlo.*

«Gabriel!» esclama la regina, alzandosi in piedi per l'agitazione. «Abbiamo parlato della scelta giusta.»

«Come?» le chiede Gabriel. «Che era tutto una farsa? Che volevi Francesca fin dall'inizio? Beh, non puoi più continuare a fare i tuoi giochetti. Non voglio più essere considerato un trofeo. Io amo Polly. Scelgo l'amore e tu tra tutti dovresti capire che cosa significa amare la persona con cui passerai la vita.»

La regina è impassibile, il suo tono ferreo. «Imparerai ad amare Francesca.»

«No» risponde Gabriel. «Perché il mio cuore è già impegnato.»

È talmente romantico che vorrei svenire. Ma un'occhiata a Francesca seduta rigida mentre i due membri della famiglia reale discutono di lei mi fa capire che cosa devo fare. La cosa giusta. L'unico modo di uscirne.

«Non mi chiamo Polly Lyon» annuncio. Ho le gambe molli e ripiombo sul divano. Gabriel non mi perdonerà mai la bugia e so di averlo perso per sempre. Non riesco a guardarlo. Mi fisso le mani e cerco di raccogliere la forza per uscire dalla stanza.

«Chi sei?» chiede la regina.

Mi rivolgo a lei. «Mi chiamo Anna Hebert. Ho finto di essere Polly e mi dispiace moltissimo.» Azzardo un'occhiata a Gabriel, che ha il volto contorto dalla rabbia. «Ho cercato di essere me stessa per quanto potevo con te, Gabriel. Quella parte era vera.»

Lui arriccia le labbra e volta la testa come se non sopportasse di guardarmi.

Mi schiarisco la voce, sbattendo furiosamente le palpebre. «Quindi è chiaro che Francesca è la scelta giusta.»

Le guardie entrano nella stanza, correndo verso di me.

«Ho premuto il pulsante d'allarme» dice la regina. «Sei un pericolo per noi e devi essere incarcerata fino alla tua partenza.»

Deglutisco, afferrando il cuscino del divano. «Incarcerata?»

Due guardie mi tirano in piedi e poi mi ammanettano i polsi dietro la schiena.

Vado nel panico, con il mio istinto di lottare che viene a galla. «Ehi! Sono americana. Ho dei diritti.»

«La segreta» ordina la regina.

«La segreta?» strillo. «Con i ragni?»

Gabriel fa una smorfia.

Francesca resta l'immagine stessa del decoro, con gli occhi bassi. Stronza.

La regina non dice niente. Sul volto ha un'espressione di puro disprezzo.

Io scalcio e urlo, ma le quattro guardie mi sopraffanno facilmente. Mi trascinano fuori dalla stanza, attraverso un labirinto infinito di corridoi, giù lungo una rampa di scale fino a uno spazio sotterraneo buio e umido. Odora come una palude. Ci sono vere celle di prigione. L'aria è mortalmente fredda e giuro che sento le urla degli spiriti tormentati lasciati a morire quaggiù.

«Non avete una stazione di polizia?» chiedo disperatamente. «Una prigione vera. Portatemi lì.»

«La regina non vuole pubblicità» dice una guardia.

E la regina, qui, ha un potere assoluto. Sento il cuore che batte forte mentre mi trascinano verso la cella più lontana nell'angolo più buio. Ci sono fitte ragnatele negli angoli in questo posto. Ragni. Probabilmente anche topi e qualunque altra cosa strisci sotto. Sto tremando per il freddo e la paura, con i denti che battono incontrollabilmente.

«Per favore, non mettetemi lì» grido quando una delle guardie mi toglie le manette.

Mi mettono lì. La porta sbatte con un forte clangore e la chiudono a chiave dall'esterno.

Incrocio le braccia, abbracciandomi da sola nel leggero vestito estivo. Gli uomini mi lasciano alla mia solitaria reclusione. L'unica luce arriva dalle finestre in alto, troppo strette per passarci, e comunque hanno le sbarre. Quando il sole tramonterà, qui sarà buio pesto. I ragni e Dio sa che cos'altro strisceranno sul pavimento e lungo le pareti senza che possa vederli, avvicinandosi a una preda viva: me.

Scoppio in una risata isterica. Sto vivendo l'incubo che temevo per Polly, intrappolata in una gabbia. Due principesse entrano in una cella di prigione… niente. La battuta non mi viene. È solo triste.

Non c'è nessuno che lavori all'esterno per liberarmi. L'unica persona che potrebbe mi si è rivoltata contro. E chi potrebbe biasimarlo? Ho tradito la sua fiducia.

Mi siedo per terra al centro dello spazio, piego le gambe e appoggio la testa sulle ginocchia. Qualcosa mi sfiora il braccio e urlo, saltando in piedi e schiaffeggiando via il raccapricciante ragno che mi ha sicuramente toccato.

Resterò in piedi tutto il giorno e tutta la notte. Farò come i cavalli e dormirò in piedi, con gli occhi aperti. Incrocio le braccia, all'erta per qualsiasi cosa possa aggredirmi. E poi scoppio in lacrime. Ho perso Gabriel e non ci sarà mai nessun altro come lui. Non per me.

Gli ho dato la libertà, gli ho dato ciò di cui aveva bisogno per vivere la sua vita. Io non ho il diritto di avere dei bisogni.

Sono Anna Hebert e sono una bugiarda.

14

———

Anna

> *Finta principessa incarcerata!*
> *Un'orfana cerca di ottenere il trono!*
> *Si mette male per l'estetista nella guerra per l'amore regale!*

Non so per quanto tempo sono rimasta in piedi in mezzo a questa segreta infestata dai ragni, creando orrendi titoli sensazionali nella mia testa, ma non riesco più a sentirmi i piedi. Il mio abito estivo e i sandali non possono competere con il gelo nella segreta. Il sole è quasi tramontato, resta solo una luce tenue che filtra attraverso le sbarre della finestra. Sono all'erta per ogni rumore, ogni fruscio e zampettare della vita selvatica della segreta.

Merito di essere divorata dai ratti. Ho ferito l'uomo che amo, l'uomo che mi amava a sua volta, che mi trattava come un gioiello. Mi bruciano gli occhi; ho le guance in fiamme per la vergogna. L'ho messo in imbarazzo mentre cercava di difendere la sua scelta davanti alla regina e a Francesca. E ora l'ho perso. Mi trema il labbro inferiore e lo mordo forte.

Sento passi pesanti che scendono le scale. Un uomo. Forse è la guardia, venuta a portarmi un po' di sbobba. Lo manderò via.

Ma potrei avere bisogno di tutta la mia forza per lottare

contro i ratti giganti che non aspettano altro che staccarmi gli arti a morsi.

Le guardie sanno che ho un volo per Parigi domani mattina alle dieci?

I passi rallentano e una familiare voce profonda dice il mio nome, con una dose particolarmente pesante di sarcasmo. «Sono Polly Lyon e non è una bugia.»

Rabbrividisco sentendo le stesse parole che ho rivolto a Gabriel il primo giorno in cui ci siamo incontrati. «Mi sentivo talmente in colpa che mi è scappato.»

Gabriel appare davanti alla porta della cella e mi guarda malevolo. I suoi occhi verdeazzurri sono freddi alla luce scarsa ed è un bel po' minaccioso. «Ci hai presi in giro tutti.»

«Posso spiegarlo.»

Gabriel arriccia le labbra. «Forza. Sono sicuro che sarà divertente, esattamente come tutte le tue altre bugie.»

Io allungo una mano tra le sbarre e afferro la sua. «Questa è la verità. Tu e io non siamo mai stati una menzogna.»

Lui toglie la mano dalla mia con uno strattone, e io muoio un po' dentro. Continuo perché ho bisogno che sappia perché ho fatto ciò che ho fatto. Forse un giorno mi perdonerà, o almeno non mi odierà.

Faccio un respiro profondo e gli racconto tutto, dall'incontro con la mia vicina di casa, una principessa che si stava nascondendo, al suo arresto per furto di identità e alla data imminente dell'udienza in tribunale. Vorrei poter dar tutta la colpa a lei, ma so di essere stata una complice volontaria. «Mi ha chiesto di venire qua e prendere la sua eredità sperando di poter assumere senza clamore un avvocato in gamba che potesse aiutarla a evitare la prigione. Non sapevo che in palio ci fosse il matrimonio con te e di sicuro non sapevo che ci sarebbero state queste folli gare. E, Gabriel, mi lanciavi sempre quegli sguardi disperati, come a dire salvami...»

«Non è vero.»

Gli uomini non vogliono mai chiedere aiuto. Non significa che non ne abbiano bisogno.

Alzo una mano. «E poi in giardino ci siamo avvicinati e

dopo…» Mi si blocca il fiato in gola. «Mi assumo tutte le responsabilità per la mia parte in questa storia. Pensavo di poter essere il cavaliere, beh, l'amazzone dalla scintillante armatura di Polly.»

Lui abbassa la testa, scuotendola.

Faccio un respiro profondo, sperando che mi perdoni, anche se so di non meritarmelo. «Gabriel, mi dispiace di averti ferito. Avrei voluto dirti tante volte la verità, ma temevo di mettere a repentaglio Polly, e una volta che abbiamo legato, temevo di perderti. So che è sciocco che abbia continuato ad aggrapparmi a te sapendo che avrei dovuto lasciarti andare, ma non mi ero mai sentita così.» Continuo con la voce soffocata dalle lacrime. «Volevo solo starti vicino il più a lungo possibile. Io ti amo.»

Lui mi fissa con un'espressione dura. Mi odia.

Le lacrime continuano ad affluire. «Vorrei poter essere la principessa di cui hai bisogno. Mi dispiace tantissimo per aver tradito la tua fiducia. Voglio solo che tu sappia che sono stata me stessa con te per quanto potevo. Mi hai fatto sentire speciale. Nessuno mi ha mai fatto sentire nel modo in cui mi hai fatto sentire tu.»

Lui mi guarda per un lungo, tesissimo momento. «Tutto diventa logico adesso, tutti i modi in cui non ti conformavi al modello. In effetti non riesco a credere di essermi lasciato ingannare dai tuoi patetici tentativi di fare la principessa. Sei la persona più impudente, maleducata che abbia mai incontrato.»

«Ma mi ami lo stesso?» Sbatto le ciglia guardandolo, cercando di assumere un tono scherzoso, ma una parte di me spera disperatamente che sia così. Aveva detto di amarmi e questa mattina aveva scelto me quando Francesca sarebbe stata la scelta più facile.

Lui mi guarda furioso per un momento, poi il suo sguardo scende alla mia scollatura e continua fino alle unghie laccate di rosso scarlatto che fanno capolino dai miei sandali. Rialza di scatto la testa per guardarmi negli occhi. «E ti vesti in modo troppo sexy per una principessa.»

«E a te piace.» Non è una domanda. Sappiamo entrambi che ha una cotta per me e io ero già spacciata dopo lo spettacolo di Gabriel-appena-fuori-dalla doccia.

«Il tuo accento» borbotta, fissando il soffitto. «Pensavo che fosse dovuto ai tuoi studi negli USA.»

«Forse hai creduto alla mia bugia perché avevi bisogno di qualcuno diverso qui intorno per dare una scossa allo status quo. Non ho mai avuto cattive intenzioni, lo giuro. Non mi sono mai aspettata di innamorarmi così in fretta, così profondamente. È folle quanto ti ami.» *Folle e senza speranza.*

Lui resta in silenzio, gelido, e la sua espressione è completamente illeggibile.

Sento un brivido percorrermi e i denti riprendono a battere. «Forse un giorno potrai p-p-perdonarmi.» Incrocio le braccia, cercando un po' di calore. «Io non dimenticherò mai il nostro t-t-tempo insieme.»

Lui espira violentemente. «Ti tiro fuori da qui.»

«Grazie!» grido alla sua schiena mentre si allontana.

Parecchi strazianti minuti dopo, quando comincio a temere che abbia cambiato idea e abbia deciso di lasciarmi ai ragni e ai ratti giganti, torna con la chiave e mi libera.

Gli salto tra le braccia, aggrappandomi a lui con le braccia e le gambe e tempestandogli il volto di baci. «Grazie, grazie, grazie.»

«Non saresti mai dovuta finire in quella segreta, tanto per cominciare» brontola, camminando con me tre le braccia verso le scale.

«La regina mi odia.»

«Direi più che non le sei simpatica. In questo momento non se la passa molto bene.»

Lo stringo più forte. «Mi hai salvato dai ragni e dai ratti giganti.»

«Immagino di essere il tuo cavaliere dalla scintillante armatura.»

«Decisamente sì.»

Lui mi rimette in piedi in cima alle scale. «Che cosa devo fare con te, Polly?»

«Mi chiamo Anna.»

Lui chiude gli occhi per un secondo. «Sì, Anna.» I suoi occhi si fissano nei miei con un'espressione mesta. «Polly era adatto a te.»

«È un nomignolo carino.» Mi alzo in punta di piedi e gli sussurro: «Portami in camera tua per un'ultima notte insieme. Parto in mattinata.»

Lui mi afferra la mano e cammina a passo svelto, facendomi fare un giro tortuoso, attraverso una grande cucina, una scala di servizio e una serie di corridoi che non ho mai visto prima. Finalmente arriviamo al corridoio del piano che porta alla sua stanza. Mi sta nascondendo. Non so se dalla regina o da Francesca, e non m'interessa. Tutto ciò che importa è che potrò averlo per un'ultima volta.

Arriviamo nella sua stanza e lui chiude la porta a chiave. Mi tolgo l'abitino estivo e resto solo con il perizoma e i sandali. Avevo evitato il reggiseno perché l'abito aveva le spalline sottili. Ho degli adesivi a forma di fiore sopra i capezzoli, per amor di modestia. Visto? Riesco a essere pudica.

Gabriel si dà una manata sulla fronte. «E non eri nemmeno vergine, scommetto.»

«Beh, la vera Polly è vergine.» Mi tolgo gli adesivi e li faccio volare sopra la spalla. «E ti desideravo tanto. Preferiresti che non ci fossimo mai toccati?»

Mi è addosso in un lampo e mi tira rudemente contro di sé. La sua erezione dura come il ferro mi preme insistentemente contro lo stomaco. «Non hai idea come sia stato difficile per me andare adagio. Sono stato così attento quella prima volta che stavo sudando. Non ero mai stato con una vergine.»

Infilo le dita tra i suoi capelli, appoggiando la mano sulla sua nuca calda. «Sei stato meraviglioso. Penso sia il momento in cui mi sono innamorata di te.»

Lui resta immobile. *Riavvolgi. Smettila di dirgli che lo ami!* Lui ha cambiato idea su tutta questa faccenda dell'amore perché sono una bugiarda che l'ha tradito. Sento lo stomaco che si stringe e penso con nostalgia alla segreta con il suo accogliente contorno di ragnatele.

Mi stacco, ma Gabriel stringe più forte e mi tira nuovamente vicino, voltandomi tra le braccia, scaldandomi la schiena nuda con il suo petto. Mi depone un bacio dolce sul lato del collo e io mi sciolgo contro di lui, chiudendo gli occhi.

«Chi sei tu, Anna. Quali parti di te erano vere?»

Apro gli occhi e vedo il nostro riflesso in un antico specchio da terra a figura intera. Lui è ancora vestito. Io ho solo il perizoma e i sandali col tacco alto, ma non ho freddo con le sue braccia intorno a me. I nostri occhi s'incontrano nello specchio. Vorrei tanto che fossimo uniti come prima. «Il mio cuore, la mia personalità, la mia età, il mio padre morente: tutto molto vero. Anche se, tecnicamente, è il mio padre affidatario. Mike. Sono un'orfana. Beh, recentemente ho scoperto che sono quella che si dovrebbe definire "una trovatella". Significa che i genitori sono vivi e mi hanno lasciato alla pubblica assistenza. Dato che nessuno mi ha mai adottato, la parola orfana è più adatta a come mi sono sempre sentita. Comunque, sono rimbalzata da una casa affidataria all'altra. Sono, tipo, delle case temporanee per ragazzi senza famiglia. Cioè, i ragazzi non rimbalzano sempre da una casa all'altra come me. Litigavo spesso con le altre ragazze perché non accettavo le loro stronzate, quindi mi buttavano fuori.»

«Ora capisco perché eri una concorrente così brava. Giocavi per vincere.»

Faccio una risatina. «Immagino che faccia parte del mio carattere. Quella di Mike è stata la mia ultima casa affidataria, quando avevo diciassette anni. È la cosa più vicina a un padre che abbia mai avuto.» La mia voce esce roca, ho la gola stretta. Mi schiarisco la voce. «Era un tuttofare. Poteva riparare e sistemare praticamene tutto, era un elettricista, un idraulico, un muratore, aggiustava elettrodomestici, pensa a qualunque cosa e lui poteva ripararla. Mi ha insegnato tantissimo. Non è difficile, una volta che si hanno la conoscenza e gli strumenti adatti. Adesso riesco a mettere a posto praticamente tutto anch'io.» *Quasi tutto. Non posso riparare noi.*

Gabriel inarca le sopracciglia, sorpreso. «Davvero?»

«Sì» dico dolcemente. «Mi occupo io della manutenzione della palazzina in cui vivo e faccio le riparazioni per gli inquilini. La mia idea per un'esperienza tipo spa nel palazzo per le signore si basa sulla mia esperienza. Immaginavo di poter sistemare una suite per far diventare realtà la fantasia reale. Sono anche un'estetista in un salone di lusso. Sono molto richiesta come parrucchiera, ma faccio anche manicure e trattamenti per il viso. Resto sempre aggiornata sugli ultimi trattamenti di bellezza. Il mio sogno è di possedere un mio salone prima dei trent'anni, quindi ho risparmiato tutto ciò che potevo. Lavoro sodo, come ti ho detto, e sono molto motivata.»

Lui mi volta per guardami in faccia e mi tira più vicino, abbracciandomi. L'abbraccio anch'io. È una bella sensazione, come se mi stesse permettendo di avvicinarmi un po'. Non posso chiedere di più.

La sua voce romba vicino al mio orecchio. «Il tuo cognome è Hebert. È francese?»

Alzo gli occhi. «Sì, mio padre era in parte francese, della Louisiana. Quando ho compiuto diciotto anni, ho fatto qualche ricerca per trovare i miei genitori biologici. Mia madre era della Florida e aveva solo quindici anni quando sono nata. Comunque non era interessata a incontrarmi, ma mi ha parlato un po' di mio padre. Mi ha comunicato il suo cognome, sperando che qualcuno della sua famiglia mi volesse. Erano benestanti. Niente da fare. Non ho mai tentato di trovarlo, quando mia madre mi ha detto che lui non mi aveva voluto.»

Lui mi appoggia la sua mano grande sulla guancia, fissandomi negli occhi. «Mi dispiace.»

Mi si stringe la gola. «Va tutto bene. Me la sono cavata da sola per tantissimo tempo.»

Gabriel mi scosta i capelli dalla faccia. «Non sarai più sola.»

Lacrime bollenti mi bruciano gli occhi. «Gabriel, per favore, non fare una pazzia per causa mia...»

La sua bocca si schiaccia sulla mia. Tutti i pensieri svaniscono. Di colpo, ci stiamo afferrando, divorandoci, folli e famelici. Infila la mano tra le mie gambe e i suoi gemiti si uniscono ai miei.

«Così bagnata.»

«Sì» riesco a dire, espirando forte mentre le sue dita giocano con me. Oramai è un esperto del mio corpo. Entro pochi minuti i miei fianchi si stanno sollevando, cercando il contatto, sto respirando forte, fuori di testa per l'eccitazione.

Gabriel mi lascia andare di colpo. «Vai sul letto e mettiti sullo stomaco.»

Mi tolgo il perizoma e i sandali. I suoi occhi sono infuocati mentre mi guarda slacciandosi in fretta i bottoni della camicia. Faccio per aiutarlo con la cintura ma lui scuote lentamente la testa.

«Letto, subito» ringhia.

Sento un brivido d'eccitazione. Si fa sul serio ora che sa che non sono una principessa vergine. Prima si stava trattenendo, frenando, anche se ogni tanto coglievo qualche lampo del vero Gabriel.

Faccio ciò che mi chiede, sdraiandomi sulla pancia. Sbircio da sopra la spalla. «Perché ci stai mettendo tanto?»

«Pol… Anna. Cazzo.»

«Sì.»

Mi dà una leggera sculacciata e mi solleva i fianchi. «Non hai idea di quanto abbia desiderato di averti proprio così.»

Mi appoggio sui gomiti e sulle ginocchia. «Allora prendimi.»

Gabriel mi appoggia entrambe le mani sui glutei, e io allargo le gambe, invitandolo. Mi passa le dita lungo la spina dorsale, mi stringe la nuca e mi preme la testa sul cuscino. Sono bollente e bagnata e così pronta. Gabriel mi ha dato il piacere più intenso della mia vita e voglio dargli anch'io ciò di cui ha bisogno.

Sento il cassetto del comodino che si apre, il fruscio di un preservativo e poi torna, mi afferra forte con le dita i fianchi penetrandomi con una lunga spinta. Ansimo a quell'assalto improvviso del mio corpo.

Gabriel grugnisce e poi comincia a sbattere dentro di me, tirandomi indietro i fianchi a ogni spinta profonda. Questa versione di Gabriel prende e continua a prendere. È selvaggio, animalesco, primordiale. Io mi lascio andare. Mi piace e amo lui. Mi sta mostrando chi è al suo livello più elementare. Mi riempie e mi spinge sempre più vicina al limite.

Io sto respirando affannosamente, febbrilmente, posseduta. Gabriel porta la mano davanti, alla centrale del piacere e mi accarezza rapidamente. *Sì!* Sono così maledettamente vicina. Lui lo sa, riesce a sentire che mi contraggo intorno a lui e gioca con il mio corpo da vero esperto. Veloce e forte. Lento e profondo. Sto tremando sotto di lui, con ogni terminazione nervosa in fiamme.

«Gabriel» ansimo. «Per favore. Sono così vicina. Per favore, per favore, per favore.»

Lui mi copre, abbassandosi per gracchiarmi all'orecchio. «Non ancora mia non-principessa non-vergine.»

Io gemo, a lungo e sonoramente.

Lui ridacchia e poi torna al suo lavoro di farmi impazzire. Siamo bestie in calore, sudati, sbattiamo l'uno contro l'altro con grugniti e gemiti animaleschi. Io sono senza fiato mentre lui pompa dentro di me, con le dita che alternano carezze, piccoli cerchi, colpetti. Quest'uomo è diabolico. No so se pregarlo o urlargli che mi vendicherò quando lui addolcisce i movimenti.

Respiro affannosamente, aspettando quello che verrà.

Mi tira il lobo dell'orecchio con i denti. «Ti piacerebbe se ti facessi venire?»

«Sì.»

«Non mi sembri abbastanza disperata.» Si spinge in fondo e si ferma.

Io spingo indietro a mia volta; voglio di più. «Sono disperata, te l'assicuro.»

Gabriel mi strofina pigramente, come se non fosse bollente

anche lui, come se la sua pelle non mi stesse scottando la schiena.

Alzo la testa e lo guardo da sopra la spalla. «Scopami, Gabriel. Scopami forte e a fondo. Voglio sentirti perdere il controllo.»

Lui mi afferra i capelli e mi bacia. «Cazzo, quanto ti amo.»

Resto a bocca aperta, sorpresa dall'emozione nella sua voce, reale e nuda.

E poi mi spinge di nuovo la testa sul cuscino, prendendomi come vogliamo entrambi. La mia mente si annebbia, ogni spinta, ogni imperiosa carezza delle sue dita mi brucia. È amore, è possesso e lo voglio quanto lo vuole lui. Di colpo mi sfugge un grido mentre rabbrividisco intorno a lui con il piacere che mi travolge. Lui mi tiene stretta, muovendosi dentro di me e portandomi più lontano, più in fondo, in un piacere che non finisce mai.

Affonda i denti nella mia nuca, dandomi un altro shock e facendomi ondeggiare con la forza del suo gesto. Mi tiene stretta a sé per un lungo momento, prima di uscire lentamente e rotolare sul letto accanto a me.

Io crollo sul materasso.

«Questo sedere» dice dandomi una leggera sculacciata e poi una carezza, «è la perfezione.»

Volto la testa per guardarlo. «Questa è la prima volta che lo sento. Sedere perfetto. È un grosso complimento.»

Il suo sorriso bianco lampeggia e poi Gabriel mi tira tra le sue braccia, petto contro petto, infilando una gamba tra le mie. Mi sfugge un gemito. Sono ancora così sensibile. Mi prende il viso, alzandolo verso il suo e mi bacia teneramente. *Mi ama.* Riesco a sentirlo nel mio profondo, nel modo in cui mi tocca, sia che sia aggressivo o tenero. Mi sta dando tutto se stesso.

Non mi accetteranno mai come sua moglie. Ho solo questo momento, quindi mi accoccolo e lo tengo stretto.

Gabriel mi sveglia altre due volte quella notte, donandosi completamente e io faccio lo stesso, senza risparmiarmi. La passione infuria tra di noi, un ultimo focoso addio.

Mi sveglio all'alba e mi preparo in fretta, lasciandolo dormire. Una volta fatta la doccia e vestita, resto accanto al letto e lo ammiro per un lungo momento. È sul fianco, il volto rivolto verso di me, con il braccio e la gamba ancora tesi verso il punto io cui ero io. I folti capelli castani scompigliati dalle mie dita, le sue ciglia ombreggiano le guance, dandogli un aspetto più dolce, e le guance sono velate dalla barba che è ricresciuta. Resisto al desiderio di tracciargli la linea della mandibola. La distanza è l'unica cosa che renderà più facile lasciarlo. Mi tenta troppo.

«Gabriel, svegliati.» Do una spintarella alla sua spalla. «Devo andare. Devo prendere il traghetto per… ah!»

Mi ha tirato proprio sopra di lui, rotolando sulla schiena. «Mmm» dice, facendo scorrere le mani sulla schiena per afferrarmi il sedere. «Bello.»

Sento le lacrime bruciarmi gli occhi. Alzo la testa e lui mi fissa. Sapendo che non lo vedrò più, apro il mio cuore. «Voglio solo che sappia che non dimenticherò mai il tempo passato qui con te. Tu sei *magnifico*, l'uomo migliore, più bello, più sexy e d'onore che abbia mai conosciuto. E sei intelligente, forte e tenero in tutti i modi giusti e io ti amo. Non ho mai provato niente di simile prima, la profondità dei miei sentimenti mi sbalordisce e so che non è il momento giusto e che la mia origine non è quella di cui hai bisogno. Per non dire poi che la regina mi odia…» Gabriel apre la bocca per protestare e io mi correggo «… che non le sono simpatica e probabilmente anche al re. Nessuno mi accetterebbe come tua sposa ed è solo perché ti amo tanto che sono pronta a lasciarti andare.»

Le sue braccia si stringono intorno a me, stritolandomi in un abbraccio.

«Non riesco a respirare» riesco a dire.

Lui allenta la stretta. «Quindi mi stai lasciando andare per fare la cosa giusta.»

«Sì. E so che faresti la stessa cosa se fossi al mio posto. Ti hanno educato a fare il tuo dovere.»

Gabriel mi fa rotolare sotto di lui e mi bacia, mordendomi il labbro inferiore abbastanza da far male. Mi permetto un ultimo, sontuoso bacio, allargando le gambe per poterlo tenere più vicino.

Lui geme nella mia bocca e interrompe il bacio. «Resta qui.»

«Perderò il volo.»

«Ti metterò sul nostro jet privato.»

«Oh.»

Mi tiene il mento e mi guarda negli occhi. «Se lasci questo letto ti darò la caccia e ti legherò alla colonnina. Sarai alla mia mercé e non sarò gentile.»

Io sorrido maliziosa. «Adesso mi fai venire voglia di scendere dal letto. Bondage con te? Diavolo, sì.»

Il suo sorriso lampeggia prima che torni serio. «Non muoverti» ordina spostandosi e scendendo dal letto. «Devo andare a parlare con mio fratello.»

«Quale? Perché?»

Lui continua a camminare, afferrando i vestiti dal cassettone e infilandoseli. I suoi muscoli che si flettono mi distraggono per un momento mentre si infila la camicia, i boxer di maglia e i pantaloni. Mette i piedi nei mocassini e va verso la porta.

«Gabriel? Hai intenzione di dirgli che sono una gran bugiarda e la peggiore non-principessa non-vergine che esista?»

«Sì.»

Gli tiro un cuscino. «Davvero. Non fare niente di folle. Tu sei fatto per quel trono. Lo sanno tutti. E sappiamo tutti che non sono adatta per essere regina. Non sono abbastanza corretta e le mie origini sono piuttosto confuse.»

«Niente da dire al proposito» butta lì, senza nemmeno voltare la testa, ed esce.

Io ricado sul materasso. Ci ha fatto guadagnare un po' di tempo con l'offerta del jet privato e so che sono la peggiore degli egoisti perché riesco a pensare solo a lui che torna a letto e mi prende nel suo modo rude e tenero insieme. Sento la gola che si stringe, gli occhi che pungono. *Non piangere! Potrai piangere durante tutto il volo verso casa.* Dovrei andarmene immediatamente, strapparmelo di dosso come un cerotto, invece resto qui e rivivo uno per uno ogni meraviglioso momento che ho passato con lui.

Sarò distrutta senza di lui.

Ma restare qui significa distruggere lui, la sua vita, il suo destino di re. E non posso permettere che accada. Gabriel Rourke è nato per essere re.

Con il mio ultimo grammo di volontà scendo dal letto e torno di corsa nella mia stanza per preparare le valigie. Devo affrettarmi se voglio prendere il mio volo. Non posso permettere che Gabriel metta in pericolo il suo diritto di primogenito e temo che sia quello che sta per fare.

È la cosa giusta da fare per entrambi. Un giorno lo capirà e mi perdonerà.

15

______

Gabriel

Sto morendo dal desiderio di tornare da Polly. Anna. Pollyanna. Ah! È una donna allegra e vivace, un tale contrasto con me, sempre così serio. È ciò che voglio nella mia vita; voglio lei. Sto quasi delirando per mancanza di sonno e per gli sviluppi improvvisi, ma c'è ancora una cosa che devo fare. Busso alla porta della camera dei miei genitori.

La cameriera che mi fa entrare sta sorridendo. Mi fa una veloce riverenza. «Il re è sveglio e oggi sta meglio.»

«È una bellissima notizia, grazie.» Il mio compito sarà molto più facile.

Vado al capezzale di mio padre. È appoggiato ai cuscini e tiene la mano di mia madre, seduta nella sua solita poltrona di fianco al letto. Stanno parlando sommessamente tra di loro e sono talmente presi dalla conversazione che non mi notano subito.

Do un colpetto di tosse. «Ho sentito che ti senti meglio.»

Mio padre mi rivolge un debole sorriso. «Il dolore è gestibile. Temo che non esista un *meglio*.»

Mia madre è solenne. «Dove sei stato? Francesca mi ha detto di non averti visto da quando è stata dichiarata la tua promessa sposa ieri mattina.»

Faccio un respiro profondo. «Io amo Anna. Sposerò lei o abdicherò al trono.»

«No!» grida mia madre. Anche lei fa un respiro profondo, per riprendere il controllo; la sua voce trema per la rabbia. «Non farai niente del genere.»

Mio padre alza una mano, indicandole di aspettare. «Gabriel sei *tu* la guida di cui ha bisogno Villroy. Abbiamo impegnato un mucchio di tempo ed energia per prepararti a questo ruolo. Nessuno dei tuoi fratelli ha ricevuto la tua stessa educazione. Sono impreparati e non sono mai stati sottoposti alle stesse tue prove.»

«Ho parlato con Phillip. Dice che lo farà. Vuole che io sia felice.»

«No» dice fermamente mia madre.

La mia felicità non ha mai fatto parte dell'equazione, per loro.

Mio padre s'infuria. «È esattamente come con Daniel. Egoista. Si è innamorato di una borghese, ha abdicato e poi io ho dovuto assumere un ruolo che non avevo mai voluto. Sono stato obbligato ad accettarlo.» Sta parlando di mio zio che, ironicamente, si era anche lui innamorato di un'americana. Capisco perché pensi che per me sia la stessa cosa, ma non è così.

Peroro la mia causa nel modo più calmo possibile. «Phillip dice che se lo guiderò all'inizio, è pronto ad accettare. Nessuno lo sta obbligando.» Mi aveva sorpreso con la sua generosa accettazione. Forse perché era al corrente delle disperate condizioni di salute di nostro padre e della necessità urgente di trovare un modo per Villroy di progredire. È l'unico con cui mi sono confidato riguardo alla serietà della situazione perché è il secondo in linea di successione al trono. Mi viene in mente che ho fatto un cattivo servizio ai miei fratelli non condividendo con loro l'intero quadro della situazione. L'eredità materiale e spirituale dei Rourke non riguarda solo il re, è di tutta la famiglia e questo significa che è ora di smettere di nascondere la realtà ai miei fratelli e invece coinvolgerli. Villroy è a una generazione dal collasso.

Una cosa per volta. Prima di tutto devo assicurare un futuro per me e Anna.

«Non puoi vivere qui con quell'impostora mentitrice» dichiara mia madre. «Sarai esiliato, esattamente come tuo zio.»

Sento l'acidità corrodermi lo stomaco alle sue parole crudeli. Non rivedere più la mia famiglia? Villroy è una parte vivente, integrante di me. Non so chi sono senza l'isola e la mia famiglia. Non sono niente.

Mio padre si volta verso di lei. C'è uno scambio silenzioso tra di loro prima che lui si rivolga a me. Spero che significhi che sta bluffando riguardo all'esilio.

«Ci hai veramente pensato fino in fondo?» chiede mio padre. «Conosci quella donna da poco più di una settimana.»

«È un'infatuazione» dice mia madre. «Vuoi la tua ultima avventura prima del matrimonio.»

M'infilo la mano tra i capelli. «Non è così. Ho trent'anni. So che cosa voglio.»

«Lei mente» sibila mia madre. «Ti ha tratto in inganno con falsi sentimenti.»

«Ha mentito solo per aiutare Polly. A casa sua, la vera Polly era praticamente tenuta sotto chiave ed è fuggita negli Stati Uniti. Adesso è in Florida, sul punto di andare sotto processo per furto d'identità.»

Mia madre trasalisce. «Mio Dio, dobbiamo metterci in contatto con la sua gente.» Mio padre è d'accordo con lei.

«No. È il motivo per cui Anna ha finto di essere lei. Avrebbe dovuto ricevere l'eredità di Polly, quella falsa promessa che hai sventolato per attirare qui le donne, e usare il denaro per assumere un buon avvocato per far passare tutto sotto silenzio. La vera Polly temeva che una condanna avrebbe rivelato la sua vera identità. La sua famiglia la ripudierebbe e, in prigione, diventerebbe un bersaglio.»

«Perché scappare da Beaumont?» chiede mio padre. «Era una principessa che viveva in un paradiso.»

«Le stavano facendo pressioni perché sposasse un uomo disonorevole.» Anna me l'ha spiegato ieri notte. Penso alla vera Polly, una principessa vergine in una monarchia di stampo antico, obbligata a sposare un viscido uomo d'affari. Maledizione, ho consapevolmente deflorato una principessa che credevo vergine. Eppure Anna canta le mie lodi, dicendo che sono un uomo d'onore. Ovviamente ora so che Anna non era vergine, ma anche così, il mio onore ora presenta una grossa ammaccatura.

Mia madre alza la voce. «Le nostre fonti dicono che è una nubile idonea, proveniente da una casa reale.»

«Lo è ancora. Se n'è andata prima che le cose andassero troppo oltre con quest'uomo.» Mi rivolgo a entrambi, implorandoli di capire come siamo arrivati a questo punto. «Anna dice di averle inviato i fondi necessari per un avvocato attraverso la fondazione privata di Polly, usando i soldi del suo premio. Capite che persona è? Ha agito in modo onorevole, generoso.» Sono questi i tratti di una regina, ma questo lo tengo per me. Non ho bisogno che Anna sia una regina. Ho solo bisogno di lei al mio fianco.

Mia madre fa una smorfia. «Continuo a pensare che dovremmo contattare la sua gente. Una principessa che rischia il carcere, tutta sola…»

«Stanne fuori» sbraito. «Lasciale vivere la vita alle sue condizioni.» Il mio tono è aspro perché sto parlando anche di me stesso.

Mia madre mi guarda a occhi stretti, perché lo sa anche lei.

Alzo le mani. «Per favore. Tutto ciò che vi chiedo è dare ad Anna una chance. Io scelgo lei e lei vuole che io scelga la corona.»

«Portala qui» dice mio padre. «Subito. Voglio sentire da lei direttamente che cosa ne pensa del fatto che sta rovinando la tua vita.»

«Non la sta rovinando!»

Mio padre guarda mia madre. Nessuno dei due dice una parola. Mi hanno congedato.

Devo portare Anna a conoscere mio padre. È l'unica possibilità che abbiamo. Mia madre ha già deciso in suo sfavore.

M'inchino e mi congedo in fretta. Ho un barlume di

speranza adesso. Vado dirittamente nella mia stanza, apro la porta ed entro. «Anna, mio padre vuole… Anna?»

Anna non è nel letto. Controllo in fretta il bagno. Non sono stato via molto.

Maledizione! Le avevo detto di restare lì. Non potevo dirle ciò che avevo intenzione di fare perché non sapevo quale sarebbe stato il risultato.

Prendo il telefono e chiamo gli alloggi della servitù, cercando la cameriera di Anna, che, me ne rendo conto solo adesso, si chiama Anna anche lei. Strana coincidenza.

«È partita, Altezza» dice la sua cameriera. «È partita con il traghetto.»

«Quando?»

«Forse un quarto d'ora fa.»

Riappendo. La velocità del traghetto non è paragonabile a quella del nostro yacht.

~

Anna

Gli altri passeggeri del traghetto mi girano al largo mentre sto seduta su una panca a versare fiumi di lacrime tra un singulto e l'altro. Anche indossare il mio vestito leopardato preferito con le scarpe intonate non riesce a darmi la forza di affrontare l'addio. Villroy svanisce in lontananza, una visione sfuocata attraverso le lacrime, quasi un miraggio che ho immaginato. Solo che il dolore è vero. Mi fa male tutto: gli occhi, la gola, il cuore.

A un certo punto esaurisco le lacrime, mi appoggio al parapetto e chino la testa sul braccio. «Addio Gabriel» sussurro. Mi sfuggono altri singulti. Non so se si fermeranno mai. Ho il cuore frantumato oltre ogni possibilità di riparazione. Fare la cosa giusta fa schifo.

Volto le spalle al panorama e mi sdraio sulla panca, rannicchiata sul fianco. Ne ho abbastanza del mondo reale. Ho bisogno di dormire ma ho gli occhi così infiammati che fa male chiuderli. Vengo travolta da un'amara desolazione, che mi toglie ogni energia residua e finalmente mi calmo, invasa da un freddo torpore.

Qualche minuto dopo un mormorio eccitato sale dalla gente vicina a me. Si stanno raccogliendo dal mio lato del traghetto e mi metto seduta per vedere che cos'è tutto questo trambusto. Forse ci sono dei delfini che giocano tra le onde. Che cosa non darei per una distrazione.

È uno yacht che sta correndo verso di noi, suonando la sirena.

«È lo yacht reale!» esclama qualcuno.

Cerco di vedere nella cabina di pilotaggio. Non c'è Gabriel al timone. Accidenti, quello yacht si sta avvicinando tanto che potrebbe sbatterci contro.

«Anna Hebert!»

Mi guardo furiosamente intorno, con il cuore in gola. Conosco quella voce. È venuto per me. Che cosa significa? Che cos'ha fatto?

«Dove sei?» urlo.

E poi sento un tonfo e gridolini provenire dai passeggeri del traghetto. Oh mio Dio. Gabriel si è appena tuffato in acqua.

Sta nuotando con grandi bracciate sicure verso il traghetto. È pazzo! E se le eliche del traghetto lo facessero a pezzi?

«Gabriel!» urlo con tutto il fiato che ho in gola. «Torna alla tua barca!» Lui non può sentirmi e continua a nuotare, avvicinandosi velocemente al traghetto. È senza camicia e sta nuotando con solo i boxer di maglia addosso. Mio Dio.

«Qualcuno salvi il principe!» urlo, correndo a cercare un membro dell'equipaggio. «Uomo in mare!»

Gli gettano un salvagente e poi un membro dell'equipaggio si tuffa per andare ad assisterlo. Gabriel gli dice qualcosa e afferra il salvagente. L'uomo dell'equipaggio segnala a un collega di tirarlo vicino. Gabriel è indirizzato verso una scaletta e salgono entrambi.

Mi copro la bocca con le mani vedendo Gabriel, il principe ereditario di Villroy, che viene deciso verso di me, completamente fradicio, *in mutande*. In pubblico. Tanto varrebbe che fosse nudo, i boxer azzurri sottolineano chiaramente i suoi attributi. Deglutisco perché emana potere perfino in mutande. Sembra un guerriero, la pelle dorata luccicante di goccioline d'acqua, quelle magnifiche forti spalle, i pettorali e gli addominali definiti, i fianchi stretti, le lunghe gambe muscolose. La folla si tira indietro, dandoci spazio, e tutti gli occhi sono puntati su di lui.

Gabriel si ferma davanti a me, mi toglie le mani dalla bocca e ringhia. «Ti avevo detto di non muoverti.»

«Che cosa stai facendo?» Lo afferro e lo abbraccio. Ha la pelle fredda dopo il bagno. «Hai freddo. Sei pazzo. Che cosa stai facendo?»

Lui mi prende il volto tra le mani. «Sono venuto a prendere la mia futura sposa. Io scelgo te, Anna. Se non posso sposare te, abdicherò al trono.»

Sussulto generale della folla.

«Gabriel!» È un errore. Non può farlo.

Lui dà un'occhiata al nostro pubblico che ora ha i telefonini in mano e sta scattando fotografie e probabilmente anche video. «Andiamo da qualche parte più in privato.» Mi afferra la mano e mi tira verso la cabina di comando del capitano in cima al traghetto. Dopo una breve discussione, più che altro una serie di ordini abbaiati dal principe, abbassano una scialuppa di salvataggio per noi e ci riportano allo yacht.

Gabriel mi porta nel suo alloggio privato, una suite, dove si asciuga e si veste. I suoi occhi non mi lasciano un istante mentre si veste, come se temesse che possa scappare. Io sono alla stessa distanza da lui e dal letto, dove mi ha lasciato. Ovviamente non ho intenzione di scappare. Devo convincerlo a non farlo. Ogni minuscola parte di me lo desidera, eppure so che non posso permettere che abdichi.

Finisce di vestirsi, mi prende per le spalle e mi guarda negli occhi. «Ti amo.» Lo dice quasi fosse una sfida.

«Ti amo anch'io, ma…»

«No. Basta quello.»

«C'è molto di più in ballo qui e lo sai. Sono partita per renderti più facile fare la cosa giusta.»

«Tu non hai il diritto di decidere al mio posto.»

Mi stacco, torcendomi le mani. «Sii ragionevole. Pensaci.»

«Ci ho pensato e ripensato. Ho parlato con Phillip e lui è disposto a prendere il mio posto. Vuole che sia felice e non prova risentimento per il cambiamento improvviso.»

Il mio stupido cuore si mette a ballare per la felicità. Non me l'aspettavo. Pensavo che chiunque fosse stato costretto ad assumere il ruolo di Gabriel non ne sarebbe stato contento. Sono sicura che non sia un lavoro facile. Ma allora Gabriel perderebbe il suo diritto di primogenito, il ruolo per cui ha sacrificato un'infanzia spensierata, la sua libertà. «È veramente ciò che vuoi? Phillip come re?»

Gabriel rimane in silenzio per un momento e so che, in fondo, non è assolutamente ciò che vuole.

«Gabriel» riesco a dire con la voce soffocata dal groppo che ho in gola. Il mio cuore si sta spezzando un'altra volta perché è disposto a sacrificare tutto per me e io semplicemente non posso permetterlo. Non posso portargli via il futuro.

«Io ti voglio» dice sommessamente. «E per questo, mio padre ha richiesto che tu vada immediatamente a vederlo.»

Mi porto la mano alla gola. «Sono stata convocata dal re? Sa che la regina mi ha fatto buttare nella segreta?» La mia immaginazione si scatena, pensando a tutto ciò che il re potrebbe fare, sapendo che ho corrotto suo figlio con la mia bugia e gli ho fatto desiderare di rompere con la tradizione regale. La mia mente vola a un veloce processo farsa con una giuria scelta dal re che porterà direttamente alla mia esecuzione. Vecchio stile, nella pubblica piazza. Sicuramente con la ghigliottina.

Gabriel mi tira nelle sue braccia ed emette un sospiro così forte che mi solleva i capelli. «Non ti farà niente.» La mia espressione inorridita deve avermi tradito.

«Ne sei sicuro?» chiedo con la bocca incollata al suo petto.

«Sì. Sa tutto. Vuole sentirlo direttamente da te. Penso che stia cercando di capire.»

Un raggio di speranza, grande quanto una lucina notturna, riprende a risplendere. «Allora vuole darmi una possibilità?»

«Penso di sì. Mia madre però non è a favore. Il risultato non è scontato. Devono essere d'accordo entrambi.» Mi bacia dolcemente, mi accompagna al letto e si siede accanto a me. Poi cerca di prepararmi per lo stato mentale di suo padre: le similitudini tra Gabriel che si innamora di me e suo zio, inna-moratosi di un'americana. Suo padre è ancora arrabbiato per aver dovuto assumere il ruolo di re, e non vuole che succeda lo stesso ai suoi figli. Gabriel è il prescelto, l'unico di cui il padre si fida per ricoprire quel ruolo.

«Oh, Gabriel. Mi sembra di aver rovinato tutto.»

«No, mi hai salvato. Mi hai riportato in vita da un'esi-stenza opaca da zombie.»

Gli rivolgo un piccolo sorriso lacrimoso. «Un po' come la creatura di Frankenstein.»

Lui spalanca gli occhi e allarga le braccia. «Grr…»

Quasi mi metto a ridere davanti a questo nuovo lato giocoso di Gabriel, ma il futuro preme troppo pesantemente su di me per riuscirci. Lui mi abbraccia e mi stuzzica il collo con il naso. Non riesco a trovare la forza di respingerlo. Invece mi appoggio a lui, riscaldata dall'uomo che amo con ogni cellula del mio essere.

16

———

Anna

Arriviamo al porto di Villroy dove c'è una folla di gente del posto pronta a registrare l'evento con i telefonini. Le notizie devono aver viaggiato in fretta dal traghetto. Gabriel mi mette un braccio sulle spalle, per rassicurarmi, tenendomi stretta a lui. Ci affiancano quattro guardie, schermandoci dalla folla e ci spingono in una Mercedes per riportarci in tutta fretta a palazzo.

Ho le mani fredde e sudate i nervi scossi alla prospettiva di incontrare il re. Ho dormito ben poco, grazie alla mia notte con Gabriel e ho gli occhi rossi per il pianto, la pelle chiazzata e i capelli sono una massa crespa e selvaggia grazie alla brezza marina durante il viaggio in traghetto. Non riesco a credere che Gabriel non abbia nemmeno menzionato quanto sono impresentabile. Mi ero spaventata da sola quando mi ero guardata allo specchio durante il ritorno sullo yacht. Avevo cercato di sistemarmi, ma non posso fare miracoli nemmeno io, un'estetista diplomata. Sono un disastro in un abito leopardato. Sto delirando. Perfetta per incontrare il padre di Gabriel, il re di Villroy, accidenti, e per la prima volta.

«Verrai con me a vedere il re?» chiedo a Gabriel mentre mi

scorta dentro il palazzo. Ho la voce che trema. Vorrei poter fingere di essere tranquilla e controllata, come Gabriel.

La sua espressione è completamente impassibile, schiena e spalle diritte, mentre cammina a passo svelto e fiducioso verso la mia rovina. «Sì. Dimmi qualcosa di più della tua idea per la linea di prodotti di bellezza basati sulle risorse di Villroy.»

Mi sta distraendo e gli sono grata. Non posso permettere che il nervosismo rovini il mio incontro con il re. Blatero di potenziali ingredienti locali e del loro uso, alghe, sale marino, olio di pesce, spugne, perfino fango, e lui ascolta attentamente.

Lunghi minuti dopo non ho idea di dove siamo nel palazzo e smetto di parlare. Dobbiamo essere nella parte più privata degli alloggi reali. Sono nervosa e lo stomaco fa una lenta piroetta.

«Continua» insiste Gabriel. «Che cosa ti ha portato a pensare a una linea di cosmetici?»

«Penso sia stata Villroy. Non avevo mai avuto un'idea simile in passato.»

Lui si sposta per mettersi davanti a me, mi guarda negli occhi, mi solleva una mano e me la bacia. Mi manca il fiato per l'intensità del suo sguardo.

Sorride. «Comincio a vedere dove traspariva Anna mentre impersonavi Polly.»

«Sì! È quello che ti avevo detto. Sono stata me stessa per quanto possibile senza mettere in pericolo Polly.»

Mi stringe la mano. «Il tuo posto è qui. Con me.»

Lacrime bollenti mi bruciano gli occhi. «Gabriel, per favore, non saltiamo a…»

«Siamo arrivati.» Va avanti e bussa alla porta. Non mi ero resa conto di essere arrivata alla porta della stanza privata del re. Avrei parlato a voce più bassa.

Una cameriera apre la porta, fa una veloce riverenza e si fa da parte.

Seguo Gabriel nella stanza. Sua madre è seduta accanto al letto del marito, con lo sguardo fisso sulle loro mani unite. Mi rendo immediatamente conto delle pessime condizioni del re. Ha la stessa corporatura dalle spalle larghe di Gabriel, ma è troppo magro, rinsecchito e pallido. L'ascesa al trono di Gabriel arriverà molto presto. L'importanza per Gabriel di fare la scelta giusta mi sta fissando in volto.

Chino la testa al re e faccio una riverenza. «Maestà, grazie per avermi ricevuta.»

Mi volto e faccio la stessa cosa con la regina. «Grazie, Maestà.»

Non so esattamente chi avrei dovuto salutare per primo. Non ha importanza. Entrambi mi guardano dall'alto in basso come se fossi uno scarafaggio che cercasse di arrampicarsi sul trono.

Faccio un passo indietro. Gabriel mi appoggia immediatamente la mano sulla schiena, per dimostrarmi il suo sostegno, o forse per impedirmi di scappare, non so.

Scende un silenzio teso. Sono stata convocata, quindi non oso parlare e lasciarmi sfuggire la cosa sbagliata. Il re deve avere qualcosa in mente.

Finalmente si decide a parlare. «Gabriel è il governante giusto per Villroy.»

«Non potrei essere più d'accordo» dico immediatamente.

«Bene» dice la regina. «Allora siamo d'accordo.»

Sento la voce ringhiante di Gabriel alle mie spalle, un tono autoritario e severo che mi fa raddrizzare la schiena. «Permettimi di rammentarti che quando questa gara è cominciata, come una tua versione personale di un reality show, hai detto che servivano sangue e idee nuove per assicurare un futuro al regno. Anna ha entrambe le cose. La sua idea per aiutare Villroy potrebbe essere quella che ci salva. A me non importa nulla del fatto che non provenga da una famiglia reale.»

«Qual è questa idea?» chiede il re.

Gabriel mi stringe la spalla, invitandomi silenziosamente a parlare.

Sono così nervosa, la posta è talmente alta che faccio fatica a tirar fuori le parole. «È una settimana in cui un gruppo di amiche o magari una coppia in luna di miele può sperimentare una fantasia reale.»

Gabriel parla con voce animata. «È più di quello. C'è spazio per espandere l'idea. Si potrebbe costruire una spa per i turisti provenienti dal continente e una linea di cosmetici preparata con ingredienti locali da usare nella spa e da vendere agli ospiti. Pensa alle possibilità di lavoro per la costruzione, il personale della spa, produzioni su piccola scala...»

«Potrebbero essere coinvolti anche i pescatori.» Non riesco a fare a meno di interromperlo perché adesso l'idea mi sta eccitando di nuovo. «Potrebbero raccogliere e coltivare alghe, spugne, o estrarre l'olio di pesce. C'è parecchio che si può fare con i cosmetici di alta gamma e se la day-spa ha successo, insieme con la linea di prodotti di bellezza, potreste chiudere nuovamente il palazzo e riservare la suite fantasia reale a ospiti speciali. O forse usarla come bonus per i servitori!»

Mi fissano tutti. Mi tappo la bocca.

Gabriel si sposta per guardarmi negli occhi. «Le tue idee sono brillanti. Riesco già a vedere un futuro, lavorando per gradi verso l'obiettivo finale di un'industria sostenibile per i pescatori.»

Sono talmente orgogliosa che sento il petto espandersi.

La regina agita una mano con indifferenza. «L'idea di Francesca era migliore. Lei capisce la storia e la tradizione di Villroy.»

«Francesca sta solo offrendo una quantità maggiore della solita cosa» sbotta Gabriel. «E comunque non è quello il punto.»

Il re mi studia per un lungo momento, i suoi occhi acquamarina mi valutano e io cerco di non agitarmi. Finalmente mi chiede. «Chi è la tua gente?»

«È in parte francese» risponde Gabriel per me. «Agli isolani piacerà.»

Scuoto la testa. Ho bisogno che sappiano che cosa riceveranno con me. «Sono un'orfana, Maestà. Non ho mai chiesto nulla a nessuno. Tutto ciò che ho l'ho ottenuto con il duro lavoro. Ho scoperto solo di recente di avere qualcuno.»

«Chi è la tua gente?» chiede nuovamente il re con impazienza.

«Polly. È una cugina di sesto grado. Abbiamo in comune un bis-bis-bis-bis-bisnonno. La famiglia di mio padre faceva parte di un gruppo emigrato in Louisiana da Beaumont durante la rivoluzione avvenuta laggiù nel diciannovesimo secolo. Mi ha trovato sul sito AncestryWise, cercando un membro americano della famiglia per la sua vita in incognito.»

Gabriel mi guarda in faccia. «Anna, perché non me l'hai detto prima? Hai sangue reale nelle vene.»

«Polly dice che non conta. Sono troppo distante. È solo una goccia.»

«Ha ragione» dice la regina, esprimendo soddisfazione. «Anna resta una borghese.»

Gabriel mi mette un braccio sulle spalle, tirandomi contro il suo fianco così che noi due facciamo fronte comune. «Lei è ciò di cui ha bisogno Villroy.» Mi guarda con tanto amore negli occhi che sento le lacrime che mi soffocano. «E ciò di cui ho bisogno io.»

Ricaccio indietro le lacrime. Sento che sto per cedere, ma devo essere forte per Gabriel. Mi obbligo a voltarmi verso il re e la regina e cerco per l'ultima volta di salvare il posto di Gabriel. «Io lo amo abbastanza da lasciarlo andare. Mi spezzerebbe il cuore, ma capisco il suo valore per il regno.»

«Maledizione, Anna» comincia a dire Gabriel, ma il re lo interrompe.

«Ecco cosa faremo.» Gli manca la voce e ha un violento accesso di tosse.

La regina afferra un bicchier d'acqua dal comodino e glielo offre.

Passano secondi pieni di tensione mentre aspettiamo che il re smetta di tossire. La regina sembra addolorata e preoccupata. Capisco meglio il luogo oscuro da cui viene, osservandolo soffrire in questo modo.

Do una piccola stretta a Gabriel. So che è difficile anche per lui. È probabilmente quello che ha passato più tempo con suo padre, più di ognuno dei suoi fratelli, dato che è quello a cui il re doveva insegnare cosa ci si aspettava da lui.

Finalmente suo padre è in grado di riprendere a parlare. «Gabriel deve restare l'erede al trono. Per evitare una ripetizione di ciò che è successo quando mio fratello ha abdicato al trono, io concedo a Gabriel il permesso di sposare Anna.»

La regina resta a bocca aperta.

Gabriel mi stringe in un abbraccio stritolante, avvolgendomi nel suo amore. Io lancerei un urlo di gioia ma riesco a malapena a tirare il fiato, però sto sorridendo, con il calore che mi pervade e il cuore che sembra voler uscire dal petto. Gabriel allenta la sua stretta e io lancio un grido che porta i miei futuri suoceri a fissarmi, la regina con aperta disapprovazione. Mi viene in mente che lei non ha ancora parlato. Può ancora annullare tutto?

Il re assume un tono formale, imprenditoriale. «Annunceremo che è americana, ma che la sua gente è originaria dalla francese Beaumont e che è consanguinea della principessa di Beaumont. Agli isolani farà piacere.» È tutto tecnicamente vero. Il re si rivolge alla regina. «Fallo per me, Alexandra.»

Gabriel è teso accanto a me, io trattengo il fiato.

Lei stringe le labbra e annuisce una volta. Respiro. *Sì!* L'amore tra di loro è palpabile e so che deve essere il motivo per cui stanno permettendo a Gabriel di sposare me.

Gabriel mi abbraccia di nuovo e poi si rivolge ai suoi genitori. «Grazie. Non lo rimpiangerete. Avete fatto la scelta giusta.»

«Non hai bisogno di dirmelo» dice suo padre. «È scritto sulla tua faccia da innamorato cotto.»

La regina si riprende e dice al marito. «Anna è completamente impreparata per il suo ruolo.»

Il re sorride con uno scintillio diabolico negli occhi. «Allora tu dovrai educarla.»

La regina si volta lentamente a guardarmi con un'espressione inorridita. «Desideri essere regina?»

«Desidero essere la moglie di Gabriel.»

«Sua moglie sarà la regina.»

«Allora sì. Ma prima ho un po' di cose di cui occuparmi a casa. Sono un'estetista e mi occupo del palazzo in cui vivo. È come essere una tuttofare. Sono in grado di riparare praticamente tutto.»

La regina sembra sul punto di svenire. «Oh buon Dio.»

Mi avvicino e abbraccio la mia futura suocera, poi anche il futuro suocero. «Amo vostro figlio. Amo questo posto con tutta la sua storia e le sue tradizioni. È il tipo di fondamenta permanenti e solide che ho sempre voluto. Farò di tutto per preservarle. Grazie per aver accettato che faccia parte della vostra famiglia. È da tutta la vita che desidero averne una.»

La regina chiude gli occhi per un momento e annuisce una volta, sembra che le mie parole l'abbiano colpita. Il re mi dà un colpetto sulla mano, sorridendomi con calore.

Gabriel rivolge un profondo inchino formale a entrambi, accettato con un lieve cenno della testa e poi mi afferra la mano e si avvia verso la porta.

«Arrivederci, Vostre Reali Maestà» dico, voltando la testa. «Non vedo l'ora di cominciare le lezioni da regina.»

«Buon Dio» dice sua madre a voce abbastanza alta da arrivare fino a noi.

Il re si mette semplicemente a ridere. Credo di piacergli.

Appena arriviamo nel corridoio, Gabriel mi abbraccia, sollevandomi da terra e facendomi roteare. «Sei stata meravigliosa. Li hai completamente tirati dalla tua parte.»

Gli sorrido. «Ho solo detto loro la verità.»

«Ed era esattamente ciò che avevano bisogno di sentire.» Mi rimette in piedi e mi bacia, un bacio forte e veloce. «Sei veramente un'amazzone dalla scintillante armatura. Hai salvato il principe.»

«E anche una principessa.» Brandisco una spada immaginaria e lui ride. Adoro vederlo così felice. Lo sono anch'io, ed euforica. Mi sento leggera e ho il cuore così pieno di gioia che potrei semplicemente volar via.

«Qual è il tuo prossimo gesto cavalleresco?» Gabriel mi fa l'occhiolino. «Io avrei qualche idea.»

Mi metto in punta di piedi e lo bacio. «Devo mettermi al lavoro. Fammi fare un giro del palazzo. Devo capire dove installare la suite fantasia reale.»

«Come desideri. Potremmo dover provare parecchi posti diversi se la suite dovrà essere usata anche per la luna di miele.»

«Ovviamente! Noi… ah!» Gabriel mi ha appena gettato sulla spalla!

Appoggia la mano sul mio sedere e si mette a correre nel corridoio. Un momento dopo siamo in una stanza da letto. Chiude la porta con un calcio, mi rimette in piedi e prima che possa controllare la stanza per il suo potenziale da suite fantasia reale mi inchioda alla parete.

Mi rivolge un sorriso da lupo prima di sollevarmi e divorarmi. Gli avvolgo intorno gambe e braccia e gli restituisco il bacio con la stessa passione.

Insinua la mano sotto il mio vestito, aggancia il mio perizoma. «La suite luna di miele deve essere collaudata» dice contro le mie labbra prima di dare uno strattone e strappare il perizoma. Infila le dita dentro di me, muovendole avanti e indietro mentre il suo pollice suona un motivo orgasmico. «Test, test, test.»

Inarco la schiena quando il piacere mi inonda. «Sì!» E poi non ci sono parole. Sto ansimando, precipitando verso l'orgasmo, dimenandomi contro la sua mano. Tutto dentro di me si contrae. La sua bocca copre la mia proprio quando arrivo all'acme, ingoiando il mio grido acuto e riportandomi lentamente a terra. Mi rimette in piedi quando smetto di mugolare.

Sto galleggiando in una piacevole nebbia, con gli occhi chiusi, appoggiata pigramente alla parete mentre Gabriel fa non so che cosa. Immagino si stia spogliando. Mi rendo lentamente conto che sono passati parecchi minuti e apro gli occhi. Lui viene verso di me, gloriosamente nudo, già con un preservativo.

«Wow» Sto per fare una battuta sull'abbondanza di preservativi nelle stanze degli ospiti reali, ma è tutto ciò che riesco a dire perché mi è addosso. Mi solleva e mi prende con una sola spinta sicura. Ansimo a quell'invasione improvvisa, e mi sento percorrere da una scossa di piacere. È grosso e caldo, un bruciore squisito.

Si ferma, in profondità dentro di me e alza la mano per tenermi la testa, con gli occhi che bruciano nei miei. «Anna.»

Mi piace sentirgli dire il mio vero nome. Mi piace la passione, amo l'intensità, amo semplicemente il nostro amore. «Ti amo, Gabriel.»

Mi bacia teneramente. «Ti amo, mia regina.»

«Sei l'uomo più meraviglioso che abbia mai incontrato.»

Gabriel mi accarezza la guancia con il pollice, con la voce arrochita. «E tu sei il mio cuore.»

Sbatto le palpebre per respingere le lacrime che svaniscono in fretta quando la bocca di Gabriel copre la mia e i suoi fianchi cominciano a muoversi lentamente e a fondo. Pochi minuti e la lenta tenerezza si trasforma in una scopata appassionata, primordiale, con la parete alle mie spalle e il corpo muscoloso di Gabriel davanti. Il mio mondo si restringe al calore negli occhi di Gabriel, alle sue mani che mi stringono i fianchi, alle sue potenti spinte che mi portano sempre più in alto. Mi sfugge un grido gutturale e il mio corpo si contrae intorno a lui mentre vengo, e poi lui mi segue con un gemito profondo.

Mi sciolgo, soddisfatta e rilassata. Gabriel sposta la presa, passandomi un braccio intorno alla schiena, tenendomi tra lui e la parete.

Sorrido e sono sicura che sia un sorriso ebete. «Direi che questa stanza è assolutamente perfetta per la suite luna di miele.»

Lui mi prende il volto nella mano e mi bacia, più dolcemente adesso, ma a fondo, come se non riuscisse a smettere. Sono ubriaca, ubriaca di lui.

Lunghi momenti dopo, Gabriel solleva la testa. «Ci potrebbe essere una suite migliore. Dovremo continuare la nostra ricerca del posto perfetto. Ci potrebbe volere un po'. Il palazzo è grande.»

Mi dondolo contro di lui. «Direi.»

Lui sorride contro la mia bocca, mi bacia di nuovo e io sono a casa, per sempre.

EPILOGO

Anna

«Sei libera!» Sul sedile posteriore dell'Hummer a noleggio con i finestrini oscurati afferro Polly e l'abbraccio stretta. Siamo appena uscite dopo l'udienza. Niente prigione, urrà.

Lei si tira indietro e mi sorride con calore. «Tutto grazie a te, cugina.» Poi si rivolge a Gabriel. «E anche a te. Grazie, mille volte grazie per il tuo aiuto. E la tua discrezione.»

Mia cugina è tutta buone maniere regali. Lo vedo nel suo atteggiamento, nel modo in cui parla formalmente con Gabriel, da un nobile all'altro. E il mio meraviglioso fidanzato principesco ha usato tutti i suoi contatti per far avere a Polly un avvocato fantastico e tenere tutto sotto silenzio.

Gabriel sorride. «Sono stato felice di poterti aiutare, anche se temo ci sia ancora la libertà vigilata che ti terrà qui.»

«Non m'importa» dice Polly. «Ho bisogno di passare un po' di tempo lontana da casa. Ora ho dodici mesi di assenza obbligatoria. Ho detto ai miei genitori che prenderò il master in economia aziendale. Loro sono sempre a favore dell'educazione.» Si rivolge a me. «Mi dispiace aver perso la palazzina.»

Faccio un gesto indifferente. «Non preoccuparti assolutamente! L'importante era il pensiero. Volevi farmi un regalo generoso e per me ha significato moltissimo. Mi dispiace solo che tu abbia perso i soldi che avevi pagato per acquistarla.» Il giudice aveva stabilito che la proprietà dell'edificio tornasse al suo proprietario originale e che il pagamento fatto da Polly fosse sequestrato a favore del governo.

«Va tutto bene» dice. «Ora che sono nuovamente in contatto con la mia famiglia, va tutto bene. Okay, forse ho detto una piccola innocua bugia riguardo al master, scusa che, a pensarci bene, avrei dovuto usare fin dall'inizio invece di cercare di restare qui in incognito.»

«La tua storia era molto più interessante» le assicuro. «Eccitante, giusto?»

Polly scoppia in una risata. «Oh, sì. Mi sono divertita moltissimo fino al momento dell'arresto.»

Ridiamo entrambe. Gabriel sorride e scuote la testa.

«Dovresti veramente prendere il master» le dico. «Sei già qui. Penso che sia perfino possibile ottenerlo online.»

«Forse lo farò» dice vivacemente. «Sono sicura che potrebbe essere utile con l'industria del turismo a casa.»

Battiamo il cinque.

«Mi mancherai Anna» mi dice. «Verrò a trovarti a Villroy appena finirà il periodo di libertà vigilata.»

«Assolutamente! E qui hai Mike per farti compagnia.» È andata regolarmente a trovare il mio padre affidatario, per controllare come sta. Dice che Mike le è stato di conforto durante il periodo stressante in cui io non c'ero.

«In effetti, Mike mi ha offerto di restare da lui se mi avessero concesso la libertà vigilata» dice. «Non so se accettare la sua offerta. Cioè, vorrei, è stato così gentile ma so che non si sente bene e non vorrei imporre la mia presenza.»

Tiro un sospiro di sollievo. «È un'idea meravigliosa. Dovresti decisamente accettare la sua offerta. Mike è abituato ad avere la casa piena di gente. Ha accolto un mucchio di ragazzi per tanti anni e io mi sentirei molto più tranquilla sapendo che ha te a fargli compagnia ora che io mi trasferirò a Villroy.»

Gabriel e io abbiamo passato le ultime due settimane a Tampa, a sistemare le cose in sospeso, al lavoro e nel mio appartamento, ma più che altro con Mike. È in condizioni stabili ed è veramente felice del mio fidanzamento. Approva Gabriel, e per me significa moltissimo, dato che Mike ha sempre avuto a cuore i miei interessi. Gabriel gli ha offerto di vivere a palazzo con noi, ma lui ha scelto di restare nel suo ambiente. Quindi Gabriel ha scelto l'alternativa migliore e ha preso accordi perché l'infermiera si trasferisse da lui, per curarlo a tempo pieno. Tra questo e Polly che vivrà con lui, posso stare tranquilla. Verrò a trovarlo, ovviamente e parleremo al telefono, ci scambieremo messaggi ed email. È mio padre.

«Okay, allora è deciso.» Polly mi dà una gomitata. «Mike dice che gli ricordo una versione esageratamente educata di te.»

«Ah! Ne hai di strada da fare per arrivare al mio livello di…» Chiedo a Gabriel: «Qual è il termine che usi per definirmi?»

«Impudenza.»

«Sì impudenza. È il suo modo esageratamente cortese di dire che sono scortese.»

Gabriel mi stringe la mano. «No, non scortese. Sfrontata e impertinente, ma mai scortese. Tu tratti la gente con rispetto.»

«È vero» dice Polly. «Sono così felice che ci siamo trovate, anche se solo per qualche mese. E sono così contenta che voi due vi siate trovati! Anna, riesci a immaginare se fossi stata io ad andare a Villroy a competere per la mano di Gabriel?»

«Meno male che non potevi lasciare il paese!» esclamo. «Avresti potuto rubarmi il mio futuro marito!»

Gabriel scuote la testa. «Non siete poi così simili. C'è solo una certa somiglianza.»

Polly si toglie il fermaglio dai capelli e scuote i riccioli. Ci mettiamo guancia a guancia, sorridendo a Gabriel. «Visto?» dice.

«Gemelle» dico io.

«Sto vedendo doppio» dice Gabriel chinandosi verso Polly. «Dammi un bacio, tesoro, così saprò che sei tu.»

«Gabriel!»

Lui sorride e cambia direzione all'ultimo momento per baciare la donna giusta. Me.

Due settimane dopo al ballo reale...

Gabriel

Alcuni dicono che ho affrettato troppo le cose con Anna. Si sbagliano. L'aspetto da tutta la vita e ora che è qui, non vedo l'ora di cominciare la nostra vita insieme. Sono il primo ad ammettere che è un'aggiunta unica alla famiglia, schietta e non sempre conscia del giusto protocollo. Comunque non si può fare a meno di volerle bene, perfino la regina si è rabbonita nei confronti della sua studentessa più entusiasta. Dopo aver sistemato le cose in sospeso a casa, Anna ha passato le ultime due settimane a lavorare a stretto contatto con mia madre, imparando le tradizioni e ciò che ci si aspetta da un membro della famiglia reale. Hanno organizzato insieme questo ballo, per festeggiare il nostro fidanzamento.

L'abito lungo fino ai piedi di Anna è verde smeraldo. La scollatura all'americana non mostra il décolleté ma aderisce perfettamente alle sue curve. I suoi selvaggi riccioli scuri sono tenuti indietro da una fascia luccicante di diamanti e i capelli le ricadono lungo la schiena. Avevamo invitato le principesse di quella barbara gara, un'idea di Anna. Hanno declinato tutte l'invito, come avevo predetto. Non vogliono vedersi sbattuto in faccia il fatto di aver perso. C'è tutta la mia famiglia e gran parte della nobiltà da tempo amica di Villroy.

Guardo Anna che segue mia madre e saluta gli ospiti. È irresistibilmente affascinante, nel suo modo vivace e spumeggiante. L'altra buona notizia è che mio padre sembra rinvigorito dal matrimonio imminente. Vuole esserci per assistervi. Anna lo va a trovare ogni giorno e lo diverte con storie delle sue clienti a casa e di tutte le loro stranezze. Lui la trova "una ventata di aria fresca". Le ha perfino permesso di tagliargli i capelli. Solo Anna avrebbe osato chiederglielo.

Attraverso la stanza per reclamarla, ho aspettato fin troppo per la sua routine di "regina in formazione" con mia madre. «Posso avere questo ballo?»

Lei mi sorride felice e fa una graziosa riverenza. «Mi piacerebbe!» Non riesce a contenere il suo entusiasmo naturale e non voglio che lo perda. È una delle cose che mi piace di lei.

Le offro il gomito e la guido sulla pista da ballo. L'orchestra passa fluidamente a una canzone lenta. Le metto un braccio intorno alla vita, le prendo la mano e la guido in un valzer lento. Altre coppie si uniscono a noi.

Lei mi accarezza la spalla. «Ti ho già detto quanto sei splendido in smoking?»

«Sì, ma sentiti libera di ripeterlo tutte le volte che vuoi.»

Mi stringe il bicipite. «Esageratamente attraente. Ti stai divertendo? Non ti ho ancora visto sorridere. Probabilmente non l'hai notato, ma ti spiavo dall'altra parte della stanza.»

«Mi sto divertendo adesso.»

Lei mi abbraccia in quel suo modo spontaneo prima di riprendere la corretta posizione di ballo. Non riesco a ricordare di essermi sentito così amato. I suoi occhi castani scintillano come quando le viene un'idea.

«Che c'è?»

Mi rivolge un sorriso abbagliante. «Stavo pensando che dato che ci vogliono altri due *lunghi* mesi per organizzare un matrimonio reale...»

«Che è un tempo brevissimo, te l'assicuro.»

«Sì, so che non vedi l'ora di legarmi a te. Ah. Ti ricordi...»

«Shh, tesoro.» La tiro vicino e le sussurro all'orecchio. «Certo che mi ricordo di averti legato, ma se cominci a parlarne qui, mi ridurrai in uno stato *indecoroso* solo al pensiero.»

«Indecoroso.» Cerca con tutte le sue forze di non ridere, ma non ci riesce. Mi guarda, con le guance rosa, sorridendo. «Oh, Gabriel, a volte dici le cose più buffe.» Mi bacia la guancia e riprende a ballare. «Comunque, i lavori nella nostra suite fantasia reale dovrebbero essere finiti per quando arriverà finalmente il giorno del matrimonio, toccando legno…» Si dà un colpetto sulla testa. «… E io penso che dovremmo passare lì la nostra prima notte di nozze, per collaudarla.»

«D'accordo.»

«Sei così accomodante!»

Non è vero. Non lo sono mai stato, ma farei qualsiasi cosa per lei. Ha rinunciato alla sua casa, alla sua carriera, al sogno di avere un suo salone, e alla sua privacy. Farò tutto ciò che è in mio potere per renderla felice nella nuova vita che ha scelto con me.

Le appoggio una mano sulla guancia e la bacio. Lei mi butta le braccia al collo e mi restituisce entusiasticamente il bacio. Quando finalmente mi lascia riprendere fiato, si guarda attorno, notando che abbiamo tutti gli occhi puntati su di noi. Mi pulisce in fretta gli angoli della bocca, probabilmente per togliere il suo rossetto.

«Avevo dimenticato» sussurra, «che le dimostrazioni pubbliche d'affetto non sono viste di buon occhio.»

«È la nostra festa di fidanzamento. Che momento migliore ci potrebbe essere per festeggiare il nostro amore?»

Mi sorride radiosa. «Ti amo, Gabriel Rourke.»

«E io amo te, Anna Hebert, presto Anna Rourke.»

Lei sorride felice. «Ti ho detto che ho già ricevuto la prenotazione per una settimana tra amiche nella nostra suite fantasia reale?»

«No. E se non fosse ancora pronta?»

«Interverrò io con la mia cintura degli attrezzi, se sarà necessario. Ma non sono preoccupata. Controllerò personalmente tutti i lavori.»

«Okay, e chi sono le fortunate ospiti?»

«Le mie migliori e più ricche clienti a Tampa. Vengono per una settimana di trattamenti di bellezza, fatti da me: capelli, unghie, viso.» Abbassa la voce con fare cospiratorio. «Mi sono molto affezionate. Il rapporto con la propria parrucchiera è sacro.»

«Non lo sapevo.»

«Oh, sì, davvero.» Annuisce vigorosamente. «Anche se, per essere completamente sincera, l'attrattiva maggiore per le donne sarà l'asta per lo scapolo reale. Potranno vincere un appuntamento con un principe!»

Cerco di nascondere il mio orrore. Sembra più inquietante dei barbari giochi nuziali che ha inventato mia madre. E i principi devono essere i miei fratelli. Chi altri avrebbe accettato? Anna li ha conquistati tutti.

«Ta-da!» esclama. «È la mia prossima idea per raccogliere fondi. Sai che dobbiamo continuare a far girare gli ingranaggi. Vogliamo andare avanti con la mia idea della spa e la linea di cosmetici naturali.»

Quando dice "vogliamo" intende dire noi due. «Sì. Allora… i miei fratelli sanno che saranno messi all'asta?»

Lei ispeziona la stanza, cercandoli e li saluta agitando le dita quando li vede raggruppati accanto al bar. Manda loro un bacio prima di tornare a me. «No. Non ne hanno la minima idea, ma sono sicura che per me lo faranno.»

«Sì. Ti vogliono bene esattamente come tutto il resto della mia famiglia.»

Anna mi rivolge un sorriso dolce e mi stringe il braccio. «A dire la verità, penso che sarà Phillip, il *royal hottie* che otterrà più offerte. Ha un gran bel seguito su Internet. È perfetto!»

Do un'occhiata al povero, ignaro Phillip, che sorride e ride senza un problema al mondo come al solito. Poi ricordo che era al corrente di tutta quella faccenda della competizione prima che cominciasse ma non ne aveva fatto parola con me per avvertirmi. In effetti, quando si era finalmente fatto vivo, era sembrato divertito dalla poco dignitosa ordalia che mi era stata scaricata addosso.

Torno a rivolgermi ad Anna. «Sei brillante. Assicurati che io ci sia quando glielo dirai.»

Lei si preoccupa. «Perché? Pensi che si arrabbierà?»

«Oh, qualcosa succederà.»

Lei annuisce lentamente come per dire *messaggio ricevuto.* «Aspetterò fino all'ultimo minuto possibile.»

Non riesco a evitare di sorridere. «Mi sembra perfetto.» Ora che Anna è qui, le cose a palazzo non saranno mai più opprimenti e noiose.

Vi piacerebbe leggere della prima notte di nozze di Gabriel e Anna? Iscrivetevi alla mia newsletter per leggere l'epilogo extra. Kyliegilmore.com/ITnewsletter

Non perdetevi il secondo libro della serie, nel quale Phillip si trova inaspettatamente a essere l'attrazione principale in un'asta di scapoli! Royal Hottie - Phillip sarà presto disponibile nella versione italiana.

Royal Hottie – Phillip

Phillip

Non mi ero mai aspettato di essere l'attrazione principale di un'asta di scapoli, grazie alla mia incontenibile cognata, la nuova regina. Non m'importa se Internet mi ha trasformato nel meme *royal hottie*, non sono un pezzo di carne. Quindi, quando la prima vogliosa single arriva a palazzo, la mando a quel paese. Solo che quell'accidente di donna si rifiuta di andarsene.

Ruby

Perché dovrei voler comprare un appuntamento con un principe scortese e arrogante? Sono qui per fare un lavoro, di cui ho disperatamente bisogno, e nessun principe delirante si metterà in mezzo. Ovviamente il *royal hottie* crede al battage pubblicitario.

Quindi, perché finisco per vincere il primo premio nell'asta per lo scapolo regale e che cosa ne farò?

Non posso permettermi di innamorarmi di un playboy. Inoltre, ci stiamo avviando in due direzioni completamente diverse. Lui sta per partire per un tour internazionale per un anno o più e io devo assolutamente tornare negli USA. Solo che il principe è abituato a ottenere ciò che vuole e adesso vuole me.

Iscrivetevi alla mia newsletter per non perdervi le nuove uscite: Kyliegilmore.com/ITnewsletter

ALTRI LIBRI DI KYLIE GILMORE

Happy Endings Book Club Series

Hidden Hollywood (Vol. 1)

Inviting Trouble (Vol. 2)

So Revealing (Vol. 3)

Formal Arrangement (Vol. 4)

Bad Boy Done Wrong (Vol. 5)

Mess With Me (Vol. 6)

Resisting Fate (Vol. 7)

Chance of Romance (Vol. 8)

Wicked Flirt (Vol. 9)

An Inconvenient Plan (Vol. 10)

A Happy Endings Wedding (Vol. 11)

~ ~ ~

The Clover Park Series

The Opposite of Wild (Vol. 1)

Daisy Does It All (Vol. 2)

Bad Taste in Men (Vol. 3)

Kissing Santa (Vol. 4)

Restless Harmony (Vol. 5)

Not My Romeo (Vol. 6)

Rev Me Up (Vol. 7)

An Ambitious Engagement (Vol. 8)

Clutch Player (Vol. 9)

A Tempting Friendship (Vol. 10)

Clover Park Bride (A Clover Park Short)

A Valentine's Day Gift (Vol.11)

Maggie Meets Her Match (Vol.12)

Maggie Meets Her Match (Book 12)

The Clover Park STUDS Series

Almost Over It (Vol. 1)

Almost Married (Vol. 2)

Almost Fate (Vol. 3)

Almost in Love (Vol. 4)

Almost Romance (Vol. 5)

Almost Hitched (Vol. 6)

Nota: Per ora disponibili solo nella versione inglese.

I Rourke - Versione italiana

Royal Catch - Gabriel (Vol. 1)

Royal Hottie - Phillip (Vol. 2)

Royal Darling - Emma (Vol. 3)

Royal Charmer - Lucas (Vol. 4)

Royal Player - Oscar (Vol. 5)

Royal Shark - Adrian (Vol. 6)

L'AUTRICE

Kylie Gilmore è l'autrice Bestseller di USA Today delle serie: I Rourke; The happy endings Book Club; The Clover Park e The Clover Park STUDS. Scrive romanzi rosa umoristici che vi faranno ridere, piangere e allungare le mani per prendere un bel bicchiere d'acqua.

Kylie vive a New York con la sua famiglia, due gatti e un cane picchiatello Quando non sta scrivendo, tenendo a bada i figli o prendendo debitamente appunti alle conferenze per gli scrittori, potete trovarla a flettere i muscoli per arrivare fino all'armadietto in alto, dove c'è la sua scorta segreta di cioccolato.